Sarah Bosse
Weihnachtsspuk im Geisterturm
Ein Adventskrimi in 24 Kapiteln
nach einer Idee von JO PESTUM

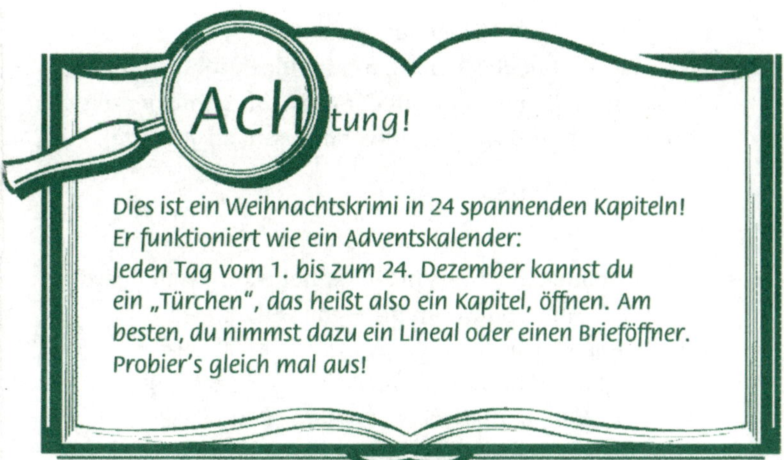

Sarah Bosse,
Jahrgang 1966, studierte Germanistik, Skandinavistik
und Soziologie in Münster und hat als Kinder- und
Jugendbuchautorin über 140 Bücher veröffentlicht.
Sie lebt in der Nähe von Münster.

Dagmar Henze
hat an der Fachhochschule Hamburg Illustration studiert
und mittlerweile unzählige Bilder- und Kinderbücher mit
ihrem unverwechselbaren Illustrationsstil ausgestattet.

Weitere Weihnachtskrimis in 24 Kapiteln von Sarah Bosse
und Jo Pestum im Arena Verlag:
Spurensuche in stiller Nacht (Band 60729)
Die Spekulations-Verschwörung (Band 60669)
Drei Weihnachts-Lamas in Gefahr (Band 60525)
Die Nikolaus-Entführung (Band 60601)

Arena

Sarah Bosse

Weihnachtsspuk im Geisterturm

Ein Adventskrimi in 24 Kapiteln
nach einer Idee von JO PESTUM

Mit Bildern von Dagmar Henze

Ein Verlag in der Westermann Gruppe

MIX
Papier | Fördert gute Waldnutzung
FSC® C110508
www.fsc.org

1. Auflage 2024

Rottendorfer Str. 16, 97074 Würzburg

Umschlaggestaltung: Juliane Lindemann
Coverillustration und Innenillustrationen: Dagmar Henze

Gesamtherstellung: Westermann Druck Zwickau GmbH
Gedruckt in Deutschland

ISBN 978-3-401-60768-9

Besuche uns auf:
www.arena-verlag.de

@arena_verlag
@arena_verlag_kids

1. Dezember

Ein Zimmer mit King Kong

Hey, Erbse, du bist ja auf einmal ganz grün im Gesicht!« Morbo stieß Emil den Ellenbogen in die Seite und kicherte albern über seinen eigenen Witz. Emil dagegen, der wegen seines runden Gesichts von allen Erbse genannt wurde, seit er ein ganz kleiner Knirps gewesen war, konnte so gar nicht über das Wortspiel lachen. Ihm war nämlich wirklich kotzübel.

»Mensch, ich hab doch gesagt, dass ich Busfahren nicht vertrage«, stöhnte er und versuchte, an etwas anderes zu denken, um sich abzulenken: an sein letztes Fußballspiel, bei dem er mit einer Wahnsinnsflanke den entscheidenden Treffer zum Sieg geschossen hatte. An das neue Spiel für seine Playstation, das er das ganze nächste Wochenende über zocken wollte. Und an das flauschige Fell von Omas Hündin Flummi.

»Keine Sorge«, beruhigte Morbo seinen besten Freund. Er wischte mit der Faust ein Guckloch in die beschlagene Fensterscheibe. »Wir sind gleich da, schau!«

Endlich drosselte der Reisebus seine Geschwindigkeit und steuerte auf einen großen hellen Klinkerbau zu: die Jugendbildungsstätte Tanneneck, in der sie die nächsten vier Tage verbringen würden. *Einkehrtage zur Stärkung des Klassenzusammenhalts!* So eine Aktion kurz vor den Weihnachtsferien konnte sich auch nur Lehrer Weckmann ausdenken! Und das auch noch in einer verschlafenen Kleinstadt mitten in der Pampa!

»Dann gibt's gleich Tee und Gespräche oder was der Weckmann sich da so alles ausgedacht hat«, spottete Morbo. »Vielleicht basteln wir ja auch zusammen Strohsterne, die wir unseren Mamas mitbringen können, wie damals im Kindergarten. Pft!«

Emil war das alles eigentlich gerade ziemlich egal. Hauptsache, diese elendige Busfahrt war endlich zu Ende. Er hätte sonst für nichts garantieren können!

Als der Bus auf den Vorplatz einbog, nahm Herr Weckmann das Mikrofon zur Hand. Weil er es sich zu nah ans Kinn hielt, hörte man in den kleinen Lautsprechern über den Sitzen seine grauen Bartstoppeln knistern. »So, meine lieben Pappenheimer, jetzt hört dem Onkel Weckmann mal gut zu. Ich kenne euch ja nun schon eine Weile und deshalb habe ich bereits im Vorfeld die Zimmereinteilung vorgenommen, damit es gleich keine Diskussionen darüber gibt, wer mit wem zusammenwohnt. Es gibt Vierer- und Doppelzimmer.«

Sofort setzte intensives Gemurmel ein, das der Klassenlehrer mit einer klaren Ansage unterbrach. »Und mit ›keine Diskussionen‹ meine ich keine Diskussionen, damit das mal klar ist. Schließlich stehen die nächsten vier Tage unter dem Motto *Stärkung des Klassenzusammenhalts.* Ich lese jetzt die Zimmereinteilung vor und ihr stellt euch dann draußen mit eurem Gepäck entsprechend auf. Rita Goldner, die Leiterin der Einrichtung, wird euch alles Weitere erklären und euch die Schlüssel für eure Zimmer geben.«

Erbse schloss die Augen und lauschte auf die Worte von Herrn Weckmann, der jetzt mit monotoner Stimme die Namen vorlas. Er würde auch mit King Kong das Zimmer teilen, wenn er nur endlich aus diesem Bus rauskam. Dann hörten Erbse und Morbo die erlösenden Worte: »Emil Findeisen und Moritz Bohlmann, ihr habt ein Doppelzimmer.«

Morbo ballte die Faust und zischte kaum hörbar ein »Yes!«.

Dann hielt er Erbse die Faust zum Fist Bump hin. Erbse und Morbo in *einem* Zimmer, die Einkehrtage waren gerettet!

Emil war auch erleichtert, dass er das Zimmer mit seinem besten Freund teilte und nicht mit King Kong. Überhaupt schienen die meisten der Mitschülerinnen und Mitschüler zufrieden zu sein, nur wenig Protest wurde laut. Der Klassenlehrer hatte offenbar ein gutes Gespür bewiesen.

Nur Emils Cousine Jette verdrehte die Augen, ließ sich tief in den Sitz sinken und vergrub ihr Gesicht in ihrem orangen XXL-Wollschal. Weil ihre Freundin Jana krank war, hatte Herr Weckmann sie kurzerhand ausgerechnet zu den Mädchen mit in das Zimmer gesteckt, die Erbse, Morbo und Jette immer »die drei Grazien« nannten. Das eine Mädchen hieß tatsächlich Grazia und ließ sich gerne von den anderen beiden in ihrer Gefolgschaft, Anna und Maria, bewundern.

Beim Aussteigen seufzte Jette und flüsterte Erbse und Morbo zu: »Na ja, die drei sind ja zum Glück nicht so richtig doof, nur so mitteldoof. Bestimmt werden die total wohlwollend versuchen, mir brandheiße Tipps zu geben, wie ich mich besser stylen kann.«

Morbo kicherte. »Apropos stylen«, sagte er und wies mit dem Kopf zum Eingang, wo eine schlanke, sportliche Frau mit feuerrotem Pagenkopf und langen baumelnden Ohrringen stand und die Schülerinnen und Schüler fröhlich winkend begrüßte.

»Ich heiße euch alle herzlich willkommen in unserer Jugendbildungsstätte Tanneneck. Ich bin Rita Goldner – für euch gerne einfach Rita – und immer für euch ansprechbar«, rief sie, wobei sie das R leicht rollte. »Aber kommt doch bitte erst mal rein ins Foyer, hier draußen ist es so ungemütlich.«

In der Eingangshalle stellte sie sich auf eine Treppenstufe, übernahm von Herrn Weckmann die Liste, teilte die Schlüssel aus und erklärte, wo im Haus sich die Schlafräume befanden. »Um halb eins gibt es Mittagessen dahinten im Speisesaal.« Sie zeigte nach rechts. »Abendessen ist um achtzehn Uhr dreißig und morgen früh findet ihr euch bitte pünktlich um acht zum Frühstück ein. Wer zu spät kommt, kriegt nichts.« Sie lachte in die Runde, man konnte ihr jedoch ansehen, dass sie das durchaus ernst meinte. »Aber jetzt kommt erst mal an und richtet euch in euren Zimmern ein«, fuhr sie fort und warf einen kurzen Blick auf ihre Armbanduhr. »In genau einer Stunde erwartet euch Gabriel in Gruppenraum eins, der ist hier direkt links um die Ecke. Ich hoffe, ihr habt alle dicke Wollsocken oder Pantoffeln mitgebracht?«

Morbo verdrehte die Augen. »Wollsocken! Pantoffeln! Ich hab doch gleich gesagt, das wird so eine ökige Nummer mit Tee und Gesprächen. Und dann auch noch mit dem Erzengel Gabriel«, wisperte er.

»Du wirst sehen, das Strohsternebasteln ist dann anschließend bei Michael oder Uriel oder Raphael«, alberte Erbse, als er neben Morbo die Treppe hinaufstieg. Sein Gesicht hatte inzwischen wieder eine normale Farbe angenommen. Er sah Jette mitleidig nach, die schweigend den drei schnatternden Grazien in den Nebentrakt hinterherstiefelte.

Das Zimmer war sehr sparsam eingerichtet. Morbo warf seinen Rucksack auf das Bett am Fenster. »Zweckmäßig und leicht zu säubern«, kommentierte er. »Ich nehm das Bett hier, okay?«

»Schlicht und geschmacklos, täte ich mal sagen.« Erbse zog den Reißverschluss seiner Sporttasche auf und begann, seine Sachen in den Schrank zu räumen.

Ganz unten in der Tasche lagen die Wollsocken. Sie waren rot-grün geringelt und ziemlich grob gestrickt. Erbse hielt sie in die Höhe. »Ein Kunstwerk von meiner Omi. Also, wenn die nicht ökig genug sind, dann weiß ich auch nicht.«

»Aber meine neuen Fußwärmer sind der Oberburner«, meinte Morbo und zog Hausschuhe aus seiner Tasche, die aussahen wie Gorillaköpfe. Erbse starrte sie an und begann zu kichern. Wie es aussah, war er doch mit King Kong im Zimmer!

Ob die Einkehrtage wirklich so öde werden, wie Morbo befürchtet?

Lies morgen weiter!

2. Dezember

Kleine Geheimnisse

Gabriel sah dann so gar nicht so aus, wie man sich einen Erzengel vorstellt. Eher wie ein Rocker: lange dunkelbraune Haare, kräftige Schultern, Bart. Er trug Jeans, ein Shirt von den *Red Hot Chili Peppers,* darüber eine schwarze Kapuzenjacke. Seine linke Wollsocke hatte am großen Zeh ein Loch.

Fasziniert starrte Erbse den jungen Mann an, der sich für seine kräftige Statur erstaunlich gelenkig auf einem der Yoga-Bänkchen niederließ, auf denen sie nun im Kreis saßen.

»Und wie ist es so in einem Zimmer mit den drei Grazien?«, fragte Morbo Jette leise.

»Kann ich noch nicht sagen«, wisperte Jette. »Wir sind noch in der Erprobungsphase.«

»Wir fangen mit einer Kennenlernrunde an«, kündigte Gabriel an.

»Aber wir kennen uns doch schon alle«, rief der lange Tobi dazwischen, der ziemlich verrenkt auf seinem Bänkchen hockte.

Gabriel lächelte milde. Mit dem Einwand hatte er offenbar gerechnet. »Aber *ich* kenne euch noch nicht. Und außerdem möchte ich, dass ihr euch mal auf eine andere Art und Weise vorstellt und kennenlernt.«

Wie sich herausstellte, wollte Gabriel, dass jeder von ihnen etwas von sich erzählte, von dem er glaubte, dass die anderen das noch nicht wussten. Vielleicht ein kleines Geheimnis oder etwas anderes Überraschendes.

Alle grübelten eine Runde. Bis Grazia als Erste aufzeigte.

Jetzt verrät sie die sensationelle Neuigkeit, dass sie sich bei *Germanys Next Topmodel* angemeldet hat, dachte Morbo.

Aber weit gefehlt.

»Vermutlich werdet ihr es nicht wissen, aber … Also, ich habe einen Imkerei-Kurs besucht und seit dem Sommer ein eigenes Bienenvolk«, erzählte sie.

Erbse, Morbo und Jette warfen sich verwunderte Blicke zu. Das hätten sie Grazia aber mal so gar nicht zugetraut. An den verdutzten Gesichtern von Anna und Maria konnten sie ablesen, dass offenbar nicht mal Grazias Gefolgschaft davon wusste. Gabriels Kennenlernrunde konnte ja noch spannend werden!

»Aber warum hast du das denn nie erzählt?«, rief Morbo in die Runde.

Grazia zuckte die Schultern und wurde ein bisschen rot. »Na ja, ich hab gedacht, ihr findet das … irgendwie … nicht cool.«

»Das ist total cool!«, protestierte Morbo. »Von deinem ersten Honig will ich unbedingt ein Glas haben! Ich liebe Honig!«

»Wer erzählt noch etwas von sich, was die anderen nicht vermuten?«, fragte Gabriel und sah die Kids der Reihe nach an.

Erbse biss sich auf die Unterlippe. Dann gab er sich einen Ruck. »Ich hab mal gedacht, ich könnte schon so 'n bisschen Auto fahren und wollte das unbedingt ausprobieren. Nur in der Einfahrt natürlich. Ein paar Meter vor und zurück. Dabei hab ich beim Rausfahren am Carport einen Außenspiegel vom Auto meines Dads gecrasht. Zählt das auch?«

Die Klassenkameraden lachten und klatschten Beifall.

Morbo stieß ihm den Ellenbogen in die Rippen. »Hey, das hast du mir ja gar nicht erzählt, du Formel-eins-Held!«

»War ja auch megapeinlich«, gab Erbse zu. »Zur Strafe gab's acht Wochen kein Taschengeld.« Dann sagte er etwas lauter zu Morbo, nämlich eben so laut, dass die anderen es gerade so hören konnten: »Und du könntest ja erzählen, dass du deinem Plüschaffen mal eine Mütze gehäkelt hast.«

»Ja und?« Morbo versuchte, mit einem lässigen Grinsen zu überspielen, dass ihm die Sache furchtbar unangenehm war. »Das war im Übrigen eine total krasse Mütze. Eigentlich sollte es was anderes werden, aber ich hab immer diese … Wie heißt

das noch mal? Ach ja, Randmasche. Also, die hab ich immer vergessen zu häkeln, deshalb wurde das Teil rund. Und plötzlich war's eine eins a Mütze für meinen alten Stoffaffen.«

»Und wo ihr alle gerade so schön am Lachen seid, kann ich auch noch was zur allgemeinen Belustigung beitragen«, sagte plötzlich Herr Weckmann. »Also, als ich ein Baby war, hat mich meine Familie *Weckermann* genannt. Weil ich immer so früh wach war und das ganze Haus zusammengebrüllt habe.«

Plötzlich brachen alle in schallendes Gelächter aus. Morbo und Erbse zwinkerten sich zu und prusteten los. Herr Weckmann musste ja nicht wissen, dass sie alle so lachten, weil sie ihn hinter seinem Rücken selbst oft so nannten. Nämlich immer dann, wenn er was zu motzen hatte, dann kursierte der Spruch *Weckermann-Meckermann.*

Gabriel versuchte, sich ein Grinsen zu verkneifen. »Wer möchte als Nächster?«, rief er in das Gegröle hinein.

»Ich!«, rief Jette. »Ich hab schon mal einen Verbrecher überführt. Da staunt ihr, was?«

»Hä? Machst du jetzt einen auf Sherlock Holmes, oder was?«, frotzelte Erbse. »Und warum wissen wir nichts davon?« Dabei zeigte er auf Morbo und sich.

Jette holte tief Luft, bevor sie weitersprach. »Weil … weil ich eigentlich nicht darüber reden soll.«

»Na, rück schon raus mit der Sprache! Wer war der Übeltäter?«, rief Tinus. »Uns kannst du es doch sagen.«

Aber Gabriel bremste Tinus aus. »Nein, wenn Jette nicht darüber reden soll, werden wir sie nicht bedrängen. Klar?«

Die anderen Erzengel tauchten nach der Kennenlernrunde bei Gabriel doch nicht mehr auf und Strohsterne wurden auch nicht gebastelt. Die Freunde wunderten sich, wie schnell die Zeit verging, sie hatten viel gelacht und gestaunt, es waren aber auch traurige Momente dabei. Gabriels etwas andere Kennenlernrunde hatte ihnen gefallen.

Als dann ein leckerer Geruch nach orientalischen Gewürzen

durch die Türritzen drang, ergriff Herr Weckmann noch einmal das Wort. »Bevor sich nun alle auf das Mittagessen stürzen, sage ich euch noch, wie es weitergeht. Ich habe nämlich noch eine Überraschung für euch. Nach einer kleinen Pause treffen wir uns um drei Uhr vor dem Eingang mit jemand ganz Besonderem. Zieht euch warm an, denn wir werden eine Weile draußen sein. Und apropos warm: Vergesst bitte nicht, eure Socken wieder gegen Schuhe zu tauschen, wenn ihr jetzt zum Essen geht. Es gibt übrigens Kürbissuppe.«

Erbse blickte hinab auf seine grün-roten Oma-Socken und bewegte die Zehen auf und ab. Am liebsten hätte er sie angelassen, die waren nämlich wirklich schön kuschelig. Nur leider passten seine Füße mit zwei Paar dicken Socken nicht in die Schuhe, also zog er die Oma-Socken aus und stopfte sie sich in die Gesäßtaschen seiner Jeans.

So spät im Jahr stand die Sonne um diese Tageszeit schon ganz tief, als sich die Kinder am Nachmittag vor dem Klinkerbau versammelten. Viele der Jungen und Mädchen hüpften fröstelnd von einem Fuß auf den anderen und rieben sich die behandschuhten Hände. Alle waren gespannt, was für eine Überraschung ihr Lehrer da für sie vorbereitet hatte.

Plötzlich drangen seltsame Geräusche durch das allgemeine Gemurmel und Geschnatter: ein schauriges Quietschen, das von einem regelmäßigen *Tock-tock* untermalt wurde.

Die Gespräche erstarben und nach und nach wandten die Schülerinnen und Schüler ihre Blicke und blinzelten in Richtung der tief stehenden Sonne.

Die Geräusche kamen näher und auf einmal löste sich ein riesiger Schatten aus den blendenden Sonnenstrahlen, die sich im nasskalten Dunst brachen.

Was für eine Überraschung hat Herr Weckmann wohl für die Kinder?

Lies morgen weiter!

3. Dezember

Der Spuk im Kirchturm

Das Quietschen stammte von einer altmodischen Blechlaterne und das andere Geräusch von der Metallspitze einer Hellebarde, die rhythmisch auf das Kopfsteinpflaster stieß. Die mittelalterliche Waffe, eine Mischung aus Hieb- und Stichwaffe, überragte den Mann, der sie in der Hand hielt, um eine Kopflänge. Und dabei war der Mann selbst schon von eindrucksvoller Gestalt! Mit seinem dunklen Umhang und dem breitkrempigen Filzhut wirkte er ziemlich bedrohlich. Graues Zottelhaar zwirbelte wie Spinnenweben unter seinem Hut hervor.

»Was sehe ich da für ein Gesindel auf der Straße!«, rief er mit tiefer Stimme und stieß die Hellebarde dreimal kräftig auf. »Jede Menge Jungvolk. Alle machen den Anschein, als könnten sie ein bisschen Wissen über unser Städtchen gebrauchen. Nun denn, da komme ich gerade recht. Mein Name ist Benedikt vom Hove und ich bin hier der Nachtwächter.«

Einige Schüler fingen an zu kichern, aber ihren Gesichtern war anzusehen, dass sie von der Erscheinung durchaus auch eingeschüchtert waren. Andere warfen ihrem Lehrer verwirrte Blicke zu, doch der grinste nur und zuckte die Schultern.

»So möge mir das Jungvolk folgen!«, rief der Nachtwächter Benedikt und machte ihnen mit der Hellebarde ein Zeichen.

Langsam setzte sich der Tross in Bewegung und folgte ihm.

»Krasser Typ«, flüsterte Jette und wies mit dem Kinn auf die Waffe. »Aber mit dem Ding da könntest du nicht mal einen Apfel aufspießen oder in zwei Hälften teilen.«

Morbo verzog das Gesicht. Auch er hatte natürlich längst erfasst, dass es sich um eine Attrappe aus irgendeinem Theaterfundus handelte. »Ehrlich gesagt beruhigt mich das.«

Erbse machte eine wegwerfende Handbewegung. »Ach, sein Killerface ist genauso fake wie die Waffe.«

»Klar«, erwiderte Jette und schüttelte sich. »Aber der Kerl macht mir trotzdem Gänsehaut. Der ist spooky.«

Mit wehendem Umhang schritt der hochgewachsene Mann vorweg durch die Gassen der Altstadt, in denen der nasskalte Nebel immer dichter wurde. Hin und wieder blieb er stehen und erklärte spannende Details aus der Stadtgeschichte. Er zeigte ihnen das Haus, von dem im siebzehnten Jahrhundert ein Brand ausgegangen war. »Ein Feuer war außer Kontrolle geraten und hundert Häuser wurden zerstört. Von einem Tag auf den anderen hatten diese Menschen kein Dach mehr über dem Kopf.« Überhaupt sei seine wichtigste Aufgabe als Nachtwächter, darüber zu wachen, dass nirgendwo ein Feuer ausbrach. »Aber, oh weh, ich kann meine Augen nicht überall haben. Und allzu oft muss ich einen wachsamen Blick auf das Gesindel haben, das sich nachts im Dunkeln herumtreibt. Räuberpack und Meuchelmörder!« Er drohte mit der Hellebarde.

Inzwischen war die Sonne untergangen. Schlagartig wurde es in den engen Gassen dunkler und der Nachtwächter zündete die Kerze in seiner Laterne an. Allerdings handelte es sich dabei um eine etwas unromantische LED-Lampe, die er aber praktischerweise auch zu einem kleinen Scheinwerfer umfunktionieren konnte, mit dem er eine steile Treppe hinter einem besonders alten, trutzigen Gebäude hinableuchtete und die Klasse mit sich winkte. Vor einer breiten Öffnung, die mit dicken Eisenstäben gesichert war, blieb er stehen. »Das ist der alte Kerker«, erklärte er und richtete sein Licht so, dass das Gewölbe hinter den Gitterstäben schummrig erleuchtet wurde. »Da hat so mancher Lump gesessen und konnte über seine Schandtaten nachdenken«, grollte er mit dunkler Stimme.

Erneut kroch Jette eine Gänsehaut die Arme hinauf. Sie wusste nicht so genau, ob die von der Kälte kam oder weil es sie so gruselte bei der Vorstellung, dass hier, in diesem kalten, feuchten Kerker, tatsächlich einmal Menschen eingesperrt gewesen waren. Und dann erzählte der Nachtwächter im Weitergehen

auch noch vom Ausbruch der Pest in dem alten Städtchen und wie in machen Wintern ausgehungerte Wölfe auf der Suche nach Nahrung durch die Straßen gezogen waren. Plötzlich ertönte ein markerschütterndes Geheul. Einige Jungen und Mädchen kreischten auf.

Benedikt dagegen brach in schallendes Gelächter aus. Der Spaß war ihm gelungen!

Nach und nach gingen in den Häusern die Lichter an, schmucke Weihnachtsgirlanden mit Leuchtsternen schaukelten über den Straßen sachte hin und her und wiesen ihnen den Weg. In den engen Gassen hallten die Schritte von den Backsteinwänden der historischen Gebäude wider.

»Das ist unsere uralte Kirche, die übrigens dem heiligen Nikolaus von Myra geweiht ist«, sagte der Nachtwächter, als sie auf dem Kirchplatz angekommen waren. Über ihnen hoben sich die kahlen Zweige mächtiger Linden in der fortgeschrittenen Dämmerung wie Scherenschnitte vom tintenblauen Himmel ab. Mit der Hellebarde zeigte Benedikt vom Hove hinauf zum Kirchturm. »Im Volksmund wird sie *Die Kirche mit dem Geisterturm* genannt. Das liegt daran, dass der Kirchturm nur wenige Monate nach seiner Erbauung eingestürzt ist. Und weil man kein Geld mehr hatte, trieb der Landesfürst hohe zusätzliche Steuern von den Bürgern und umliegenden Bauern ein, um den Turm wiederaufzubauen. Den Baumeister jedoch warf man in den Kerker, wo er sich aus lauter Gram das Leben nahm. Er soll in Vollmondnächten im Kirchturm spuken.«

Die Schüler und Schülerinnen sahen zum Turm hinauf, dessen Spitze in den Abendhimmel ragte. Eine unglaubliche Vorstellung, dass so ein gewaltiges Bauwerk einfach in sich zusammenfiel wie ein paar Bauklötzchen.

»Wann ist die Kirche denn erbaut worden?«, fragte Tinus.

Der Nachtwächter fuhr herum, hob die Laterne vor Tinus' Gesicht und fixierte ihn mit festem Blick. »Ah, das Jungvolk ist wissbegierig! Das gefällt mir. Das war Anno domini 1729.«

»›Anno domini‹ bedeutet *im Jahr des Herrn*«, rief Anna. »Das ist lateinisch.«

»Und schlau ist das Jungvolk auch!«, staunte der Nachtwächter. »Nun denn, ich denke, dann seid ihr bereit, mir zu folgen und ein Geheimnis zu lüften.« Er reichte Tinus die Blechlaterne und bat ihn, ihm zu leuchten, während er einen dicken Schlüsselbund unter seinem Umhang hervorholte und einen großen, altmodischen Schlüssel in das ebenso große und altmodische Schlüsselloch der Tür am Fuße des Turmes steckte. Mit einem schaurigen Quietschen schwang die schwere Eichentür auf.

Erbse musste schlucken. Er ahnte, was jetzt kommen würde. Es war nämlich nicht nur so, dass ihm beim Busfahren schlecht wurde. Er war auch überhaupt nicht schwindelfrei.

Schon stieg der Nachtwächter die hölzernen Stufen hinauf, während Herr Weckmann die Tür aufhielt, bis alle hindurch waren, und das Schlusslicht bildete.

Morbo schlug vor Freude die Faust in die hohle Hand. »Wie cool ist das denn?«

Auch Jette klang begeistert. »Das ist das erste Mal, dass ich auf einen Kirchturm raufdarf!«, zischte sie. »Yippie!«

Nur Erbse sagte nichts. Er wollte sich keine Blöße geben und stieg tapfer hinter Morbo die Stufen hinauf, den Blick fest auf dessen Fersen geheftet, die Finger um das Holzgeländer geklammert. Einmal machte er den Fehler, auf einem Treppenabsatz in die Tiefe zu schauen. Es fühlte sich an wie in einem Computerspiel, bei dem sich immer mehr Ziegel aus der Mauer lösten, die man schnell wieder an Ort und Stelle rücken musste, damit die Mauer nicht umstürzte. Vor seinen Augen begannen die Wände zu schwanken.

Wird Erbse es bis in den Turm hinaufschaffen? Und welches Geheimnis wartet dort auf sie?

Lies morgen weiter!

4. Dezember

Die Kirchenmäuse tanzen Samba

Alle hielten sich die Ohren zu. Direkt über ihnen hingen an dicken Eichenbalken Glocken, dreiundzwanzig an der Zahl, wie sie soeben erfahren hatten. Von winzig kleinen im Handtaschenformat bis Zementeimer-großen, die über zweihundertfünfzig Kilo wogen. Und nun fingen die Glocken an zu spielen! Die Schülerinnen und Schüler erkannten die Melodien sofort: erst *Jingle bells* und dann *Tochter Zion, freue dich.*

»Tagsüber spielen die Glocken zu jeder halben Stunde zwei Melodien aus dem weltlichen und aus dem kirchlichen Jahreskreis«, erklärte der Nachtwächter, als die letzten Töne verklungen waren und die Kinder die Hände wieder von den Ohren nahmen. »Die Melodien werden einmal in der Woche über den Computer da programmiert.« Er zeigte auf einen kleinen Bürotisch in einer Nische. »Eine Erfindung der Neuzeit übrigens, die einem Mann wie mir suspekt ist«, fügte er hinzu.

Maria zeigte hinauf, wo schmalere Holzstiegen sich im Dunkel des Daches verloren. »Können wir da noch weiter rauf?«

Doch der Nachtwächter schüttelte den Kopf und hob mahnend den Zeigefinger. »Schon manch einer ist dort in den finsteren Höhen verschwunden. Wollt ihr es etwa auf ein Treffen mit dem Geist des unglücklichen Baumeisters anlegen?«

»Höchstens mit dem Heiligen Geist«, rief Tinus lachend. Erbse war einfach nur froh, dass sie nicht noch weiter hinaufsteigen würden. Beim Gedanken an den Rückweg machte sich schon jetzt in seinem Magen ein Gefühl breit, als würden die Kirchenmäuse darin Samba tanzen.

Morbo stieß ihm den Ellenbogen in die Seite. »Ey, du sagst ja die ganze Zeit gar nichts.«

»W-weil … weil ich echt total geflasht bin von alldem«, stammelte Erbse ausweichend.

Morbo zog eine Schulter hoch, schnitt eine Grimasse und humpelte vor Erbse und Jette über den Holzboden hin und her, wobei er einen Fuß nachzog. »Uah, ich bin ein Geist, der Geist von Sankt Nikolaus, und spuke hier nachtein, nachtaus!«

Benedikt vom Hove gebot ihm mit erhobener Hand Einhalt. »Ihr seht, dass die Finsternis bereits Besitz ergriffen hat von den Gassen unserer Stadt. Sie wollen wohlbehütet sein vom pflichtbewussten Nachtwächter.«

Also stiegen sie die knarzenden Holzstufen wieder hinab und Erbse summte dabei ganz leise *Jingle Bells* vor sich hin, um sich von seinem Schwindel abzulenken, auch auf die Gefahr hin, für den Rest des Abends einen Ohrwurm zu haben. Mit jedem Takt setzte er den Fuß auf die nächste Stufe. Zum Glück ging der Plan auf und er erreichte sicher den Kirchhof, auch wenn der Boden unter ihm immer noch zu schwanken schien.

Plötzlich krachte hinter ihnen eine Tür ins Schloss. Ein Mann verriegelte die Kirchenportale für die Nacht. Offenbar der Küster, der als Kirchendiener für alle Abläufe rund um das Gotteshaus und die Gottesdienste zuständig war.

»Schönen Feierabend!«, rief er dem Nachtwächter zu.

»Schönen Feierabend, Herr Goldner! Und schönen Urlaub«, erwiderte Benedikt vom Hove.

Mit einem kräftigen Applaus verabschiedete sich dann die Klasse von dem Nachtwächter, der ebenso gespenstisch in der Dunkelheit verschwand, wie er aus dem Licht gekommen war. Die Laterne quietschte noch ein paarmal und das Klackern der Hellebarde wurde immer leiser, bis es schließlich verstummte.

Herr Weckmann warf einen Blick auf die Turmuhr. »Okay, ich hoffe, diese kleine, ganz besondere Exkursion hat euch Spaß gemacht. Vielleicht bleibt ja von all den interessanten Infos was bei euch hängen. Ihr habt jetzt noch ein bisschen Zeit zur freien Verfügung. Aber seid pünktlich zum Abendessen da, ihr wisst ja, wer zu spät kommt …«

»… kriegt nichts!«, zitierten die Kinder die Leiterin der Jugendbildungsstätte im Chor.

Morbo, Erbse und Jette drehten der alten Pfarrkirche Sankt Nikolaus den Rücken zu und machten sich Richtung Marktplatz auf. Noch hatten sie eine gute Stunde Zeit, um das Städtchen weiter zu erkunden. Trotz des nasskalten Wetters waren etliche Leute unterwegs, um ihre Weihnachtseinkäufe zu erledigen. Mit hochgeschlagenem Mantelkragen und hochgezogenen Schultern eilten sie durch die Gassen, manche von ihnen bereits schwer bepackt mit Einkaufstaschen aller Art.

Auch Jette blieb immer wieder an den weihnachtlich dekorierten Schaufenstern stehen. »Echt schöne Lädchen haben die hier«, stellte sie begeistert fest. »Und alles ist so … hygge.«

»Wenn du's sagst«, murmelte Morbo gelangweilt.

Jette verdrehte die Augen. »Mensch, Morbo«, sagte sie vorwurfsvoll. »Weihnachtsstimmung! Gemütlichkeit! Schon mal was davon gehört?«

Erbse kramte einen Zehn-Euro-Schein aus der Hosentasche und steuerte auf eine Holzbude zu. »Kommt, ich spendiere euch einen Apfelpunsch. Der wärmt schön von innen und bringt vielleicht sogar Morbo in Weihnachtsstimmung.«

Jette legte noch ein paar Euro obendrauf und erstand für jeden einen Quarkkrapfen. »Ich hab jetzt echt Kohldampf«, erklärte sie und nippte vorsichtig an dem Punsch. Ein herrlicher Duft von Zimt, Nelken und Kardamom stieg ihr in die Nase. Dann biss sie so herzhaft in den Krapfen, dass ihr der Zucker auf den Schal rieselte wie Schnee.

Erbse hielt den Punschbecher mit beiden Händen umfangen und pustete in das heiße Getränk. »Ich fand den Stadtrundgang mit dem Nachtwächter ziemlich cool, auch wenn ich jetzt megakalte Flossen hab.«

»Im Kirchturm war's wirklich spannend.« Morbo ruckelte mit dem Zeigefinger in seinem rechten Ohr. »Aber die Glocken waren echt abartig laut, mir klingeln jetzt noch die Ohren.«

Jette grinste. »Auf jeden Fall ist der Typ ein richtiger Showmaker. Benedikt vom Hove, pft! Ich frage mich allerdings, wie er das mit dem Wolfsgeheul gemacht hat. Hatte der 'ne Fernbedienung in der Hand oder so?«

»Bestimmt gibt's da einen Bewegungsmelder«, mutmaßte Morbo. »Apropos, ich brauche noch ein Weihnachtsgeschenk für meinen Patenonkel.«

»Wieso *apropos?«,* fragte Erbse. »Was hat das damit zu tun?«

»Der heißt Wolfgang«, antwortete Morbo, woraufhin sich Jette vor Lachen fast an ihrem Apfelpunsch verschluckte. Und dann hatte sie erst einmal Schluckauf.

»Wir können ja mal in den Regionalwaren-Laden da drüben gehen, hicks«, schlug sie vor. »Vielleicht findest du da was, hicks, Nettes.«

Ein kleines Glöckchen bimmelte dezent, als sie den Laden betraten. »Endlich Wärme.« Erbse zog sich stöhnend den Schal vom Hals. Sein Blick blieb sofort an einigen CDs hängen, die auf einem Bord ausgestellt waren.

»Das ist coole Mucke von einer Band hier aus der Gegend«, erklärte ein älterer Jugendlicher, der hinter der Theke stand und dabei war, Papiertüten zu sortieren. »Die machen so eine Art Indie-Rock.«

Jette nahm eine der CDs in die Hand. »Hier aus der Gegend?«, hakte sie nach.

»Klaro.« Der Junge strich sich lässig die strohblonde Wuschelmähne aus dem Gesicht. »Wir verkaufen hier schließlich nur Regionalwaren, also nur Sachen, die hier in der Gegend hergestellt werden. Kunsthandwerk, Handarbeiten, Spezialitäten wie Honig und Likör und so weiter. Und Musik.«

Plötzlich stieg Jette Röte ins Gesicht. Sie hatte etwas entdeckt.

Was hat Jette entdeckt? Und erwartet die Freunde morgen wieder ein spannender Tag in der Jugendbildungsstätte?

Lies morgen weiter!

5. Dezember

Die zweite Socke

Morbo schwang die Beine aus dem Bett, blieb auf der Bettkante sitzen und reckte sich, dass die Knochen knackten. »Uah, es gibt schlechtere Arten, geweckt zu werden, als durch so ein Glockenspiel, findest du nicht?«

Das Zimmer, in dem die Jungen schliefen, war zur Sankt-Nikolaus-Kirche hin ausgerichtet. Da konnten sie das Glockenspiel prima hören.

Erbse rieb sich den Schlaf aus den Augen und gähnte. »Stimmt, Kumpel! Aber gut, dass das nicht nachts auch noch klimpert.«

»Och, so 'n Schlafliedchen … *La-Le-Lu.* Warum nicht?« Morbo lauschte auf die letzten Takte und stutzte. »Klingt irgendwie anders als gestern, findest du nicht?«

»Hab gerade nicht richtig hingehört«, gab Erbse zu. »Ich musste gähnen. Und gähnen und gut hören gleichzeitig geht nicht.«

»Hm«, brummte Morbo. »Na ja, auf die Entfernung klingt es vielleicht einfach anders.«

»Oder seit heute Morgen gibt's neue Melodien«, sagte Erbse, sprang plötzlich aus dem Bett und stürmte in das Mini-Bad. »Erster im Bad. Meine Blase ist kurz vorm Platzen.«

»Gebongt!« Morbo trat ans Fenster, um die Vorhänge aufzuziehen. Noch war es dunkel, aber in den meisten Häusern brannte bereits Licht. Viele Fenster waren mit Lichterketten dekoriert. Manche übertreiben es auch echt, dachte Morbo, als er an einem Haus bunte Lämpchen entdeckte, die hektisch blinkten und ständig die Farbe wechselten. Das macht einen ja ganz wuschig. Von wegen besinnliche Weihnachtszeit.

Der Kirchturm von Sankt Nikolaus war als große schwarze Silhouette zu erkennen. Krähen drehten ihre Runden um das spitze Dach und als Morbo das Fenster kippte, hörte er sie krächzen, als wollten sie wichtige Nachrichten verkünden.

Für einen Moment meinte er, ein schwaches Licht im Turm zu erkennen. Irgendetwas spukte ihm im Kopf herum, aber er konnte es nicht richtig greifen. Sein Gehirn war noch nicht auf Betriebstemperatur, so kam es ihm vor. Morbo hatte auch nicht besonders gut geschlafen.

Eine Wolke von Zahnpasta umwehte Erbse, als er aus dem Bad kam. Und dann war da noch ein Geruch, von dem Morbo befürchtete, dass es sich um After Shave oder Parfüm handelte.

Morbo begnügte sich mit einer Katzenwäsche, zog frische Boxershorts an und war gerade erst in Jeans und Hoodie geschlüpft, als es schon heftig an die Zimmertür trommelte. »Zeit fürs Frühstück!«, war Jettes fröhliche Stimme zu hören. Wie konnte sie so früh am Morgen schon so energiegeladen sein?

»Schlag doch gleich die Tür ein!« Erbse riss die Tür auf. »Guten Morgen, erst mal.«

»Morgen!« Jette tippte auf eine imaginäre Uhr an ihrem Handgelenk. »Ihr wisst ja.«

Als sie über Erbses Schulter spähte, kickte Morbo seine Boxershorts vom Vortag noch schnell unters Bett. »Komme!«

Zu ihrer Verwunderung fanden sie sich kurz darauf vor der verschlossenen Speisesaaltür wieder, wo auch die anderen bereits warteten.

»So viel zum Thema *Wer nicht pünktlich ist, der kriegt nichts!*«, spottete Maria und deutete zu der großen Uhr in der Eingangshalle hinauf. Die Zeiger zeigten bereits auf fünf nach acht.

Hinter den Milchglasscheiben war zu erkennen, wie die Mitarbeiterinnen hin und her eilten. Stimmen waren zu hören, die Anweisungen erteilten. Geschirr klapperte. Dann endlich drehte jemand den Schlüssel und zog die Tür auf. Eine Frau mit Haarnetz auf dem Kopf und hochrotem Gesicht lächelte ihnen entgegen. »Sorry, heute Morgen geht's ein wenig drunter und drüber«, entschuldigte sie sich. »Lasst es euch schmecken.«

Kurz darauf biss Erbse herzhaft in sein Marmeladenbrötchen. »Und, wie weit bist du jetzt in deiner Erprobungsphase mit den drei Grazien?«, fragte er mit vollem Mund.

Jette winkte ab. »Och, die sind ganz okay. Sie reden halt viel über Kram, der mich nicht interessiert, Make-up, Mode, Beauty-Blogs und so. Und dieser Parfümgeruch geht mir auch ein bisschen auf die Zwiebel. Aber ansonsten sind die ganz nett zu mir.«

Morbo fiel natürlich mit seinem messerscharfen Blick sofort auf, dass Erbse bei dem Wort *Parfümgeruch* rot anlief.

Plötzlich kam Gabriel in den Speisesaal marschiert und steuerte auf die rundliche Frau zu, die offenbar die Leiterin der Küche war. Die beiden tuschelten halblaut miteinander.

»Oh, da scheint aber einer mächtig genervt zu sein«, stellte Erbse mit Blick auf den Seminarleiter fest, der wild gestikulierte. »Könnt ihr verstehen, worum es geht?«

»Hab nur *Rita* verstanden«, antwortete Morbo mampfend.

»Die rrrote Rrrita, die das R so schön rollt«, kicherte Jette.

Nach dem Frühstück fand sich die Klasse zum *Morgenkreis mit Lucia* in Gruppenraum zwei ein, einem gemütlichen Zimmer mit weichem Teppichboden und angenehmem Licht.

Morbo versank in einem der voluminösen Sitzsäcke, lehnte sich zurück und schloss die Augen. Er hätte gut noch ein Stündchen schlafen können. Da kam es ihm gerade recht, dass diese Lucia auf sich warten ließ.

»Die ist schon zehn Minuten zu spät«, wunderte sich Jette. Dann zeigte sie auf Erbses Füße, von denen nur einer in einer grün-roten Wollsocke steckte. »Was ist denn damit?«

Erbse hob die Hände. »Hab die zweite Socke nicht so schnell gefunden. Ich muss nachher noch mal suchen.«

In diesem Moment kam Lucia in den Raum geschwebt. Die zierliche blonde Frau lief so leichtfüßig, dass man den Eindruck hatte, ihre Sohlen würden kaum den Boden berühren.

Morbo riss die Augen auf und starrte sie an. »Wo ist der Lichterkranz?«

»Lichterkranz?«, fragte Jette verwirrt.

»Ja, Leute, die sieht ja aus, wie man sich die echte Lucia vorstellt«, zischte Morbo.

Jette zog die Schultern hoch. »Null Ahnung, wovon du sprichst.«

»Jetzt sagt nicht, ihr habt noch nie was von der Lichtheiligen gehört«, flüsterte Morbo und sah Erbse und Jette an, als hätte er es mit Außerirdischen zu tun. »Das Fest der heiligen Lucia wird am 13. Dezember gefeiert und sie wird immer mit einem Kranz mit Kerzen auf dem Kopf dargestellt.«

»Dann hatte sie ja gestern Namenstag«, stellte Erbse fest und rief über die Köpfe der anderen hinweg: »Alles Gute zum Namenstag nachträglich!«

Die junge Frau rang sich ein Lächeln ab. »Ähm, ja, danke. Und entschuldigt bitte meine Verspätung. Wir hatten hier heute ein paar... Verzögerungen.«

Hektisch kramte sie ihre Unterlagen aus ihrer Tasche. »Wir wollen heute Morgen mal ein bisschen über das Thema ... äh, *Weihnachten* sprechen, und ... also, was ihr damit so verbindet«, erklärte sie gerade, als es klopfte und Gabriel seinen Kopf zur Tür hereinsteckte.

»Lucia, kann ich dich kurz sprechen?«

»Sicher.« Die blonde Frau schwebte zur Tür hinaus.

Jette, die der Tür am nächsten saß, spitzte die Ohren. Nur ein paar Satzfetzen drangen durch den schmalen Spalt, aber es war klar, dass es wieder um Rita ging.

»... ist doch sonst die Zuverlässigkeit in Person«, hörte sie Gabriel sagen. »... Handy scheint ausgestellt ...«

Und dann Lucias erschrockene Stimme: »Meinst du, wir müssen uns Sorgen machen?«

Was ist mit Rita passiert?
Lies morgen weiter!

6. Dezember

Weiße Puschelkaninchen

Jette konnte einfach nicht anders. Sie war schon immer außergewöhnlich neugierig gewesen, dagegen konnte sie sich gar nicht wehren! Immerhin hatte sie wegen ihres Spürsinns auch schon einmal ein Verbrechen aufgeklärt, wenn auch nur ein ganz kleines Miniverbrechen.

Irgendwas war doch da im Busch, das war klar wie Kinderpipi, so genervt, wie Gabriel war. Und es musste etwas mit Rita zu tun haben. Auch das war klar. Aber was genau war los?

Jette zögerte nicht lange, sondern schlüpfte kurzerhand hinter Lucia durch die Tür, überquerte den Gang und tat so, als müsste sie dringend auf die Toilette. Sie huschte an Gabriel und Lucia vorbei und verschwand durch die Tür zum Damenklo. Die ließ sie halb offen stehen und ging auf Lauschposten. Von hier waren Gabriel und Lucia bestens zu verstehen!

»Renata hat auch keine Ahnung, wo Rita steckt«, flüsterte Gabriel. In seiner Stimme lagen Sorge und Verärgerung. »Allerdings hat Flöckchen Rita in aller Frühe kurz gesehen, als sie aufgeschlossen hat und er mit ihr durch den Haupteingang rein ist. Aber als der Brötchenlieferant kam, musste Renata extra den anderen Schlüssel holen und die Hintertür aufschließen. Normalerweise erledigt Rita das als Erstes. Sie hatte auch den Hauptschalter noch nicht angemacht, sodass der Heißwasserboiler nicht aufgeheizt war. Renata war not amused. Hat alles länger gedauert in der Küche heute.«

Aha, kombinierte Jette. Renata musste also die rundliche Frau aus dem Speisesaal sein, die Leiterin der Küche. Jetzt war auch klar, warum das Frühstück verspätet angefangen hatte. Und wer war dieser Flöckchen?, fragte sie sich.

»Ärgerlich«, erwiderte Lucia. »Ich wollte den Beamer aus dem Büro holen, weil ich für die Kids eine Power-Point-Präsentation vorbereitet hab, aber Rita hat den Schlüssel für den Wandschrank mitgenommen. Jetzt muss ich improvisieren.«

»Das kriegst du schon hin, das mit dem Improvisieren«, versuchte Gabriel sie zu trösten. »Ich habe leider keine Ahnung, wo der zweite Schlüssel für den Schrank ist. Rita ist sonst immer da und weiß über alles Bescheid.«

»Seltsam, dass sie auch nicht an ihr Handy geht«, sagte Lucia.

»Ja«, erwiderte Gabriel. »Das hat sie doch immer am Mann. Nicht mal ein Freizeichen ist zu hören, wenn man sie anruft.«

»An der Frau«, korrigierte Lucia.

»Was?« Gabriel klang verwirrt.

»Na, das Handy hat sie sonst immer an der Frau«, erklärte Lucia. »Du sagtest, Flöckchen hat Rita kurz gesehen?«

»Ja«, antwortete Gabriel. »Er hat was Seltsames zu Renata gesagt, nämlich, Rita hätte irgendwie verwirrt oder wütend gewirkt. Sie sei im Stechschritt an ihm vorbeigezischt und hätte *Der Mai ist gekommen* vor sich hin geflucht.«

Lucia lachte auf. »Da muss Flöckchen sich verhört haben.«

»Das glaube ich auch«, sagte Gabriel. »Oder sie war komplett verpeilt und wir müssen uns ernsthaft Sorgen um Rita machen.«

»Rita und verpeilt? Never ever. Sie hat doch immer alles im Griff«, zischte Lucia. »Na, dann gehe ich mal wieder improvisieren. Halt mich auf dem Laufenden, wenn du was hörst.«

Damit ging Lucia in den Seminarraum zurück.

Jette drückte zur Tarnung einmal die Wasserspülung an einem der Klos und wartete, bis Gabriel verschwunden war. Dann huschte sie ebenfalls in den Gruppenraum.

»Wo bist du gewesen?«, flüsterte Erbse.

»Klo«, antwortete Jette kurz. »Aber sagt mal, habt ihr eine Ahnung, wer *Flöckchen* sein könnte?«

Erbse schüttelte den Kopf. »Nö.«

»Flöckchen?«, fragte Morbo grinsend. »So würde ich maximal ein weißes Angorakaninchen nennen.«

»Auf jeden Fall ist die rote Rita offenbar verschwunden«, wisperte Jette den beiden Jungen zu. »Ich erzähl euch das gleich.«

Für den Rest des Seminars spukte Morbo das Bild eines weißen Puschelhasen im Kopf herum. Er konnte sich schlecht konzentrieren. Aber er hatte den Eindruck, dass es Lucia nicht anders erging, denn die junge Frau verlor immer wieder den Faden.

Nein, das mit dem Improvisieren kriegt sie nicht so gut hin, dachte Jette. Aber das lag vermutlich weniger an der fehlenden Power-Point-Präsentation als an der Sorge um die rote Rita. Da hätten sie genauso gut Strohsterne basteln können.

»Was hast du da vorhin gesagt?«, wollte Erbse in der Mittagspause endlich wissen. *»Rita hat Flöckchen gemacht* oder so?«

»Quatsch mit Soße.« Jette biss in ihre Pizza. Im Flüsterton berichtete sie, was sie vorhin gehört hatte. »Die machen sich hier offenbar alle große Sorgen um Rita. Die hat sonst immer alle Fäden in der Hand und jetzt ist sie wie vom Erdboden verschluckt und auch nicht über ihr Handy zu erreichen.«

Erbse kratzte sich an der Schläfe. »Ich sag mal so, auch eine Leiterin von einer Bildungsstätte will möglicherweise ihre Geheimnisse haben. Vielleicht hat sie einen Lover.«

Jette tippte ihm an die Stirn. »Schalt mal deine Synapsen ein. Den könnte sie auch so heimlich treffen, dafür muss sie nicht plötzlich spurlos verschwinden, ohne Bescheid zu sagen. Und dann auch noch wichtige Schlüssel mitnehmen.«

Morbo machte ein wichtiges Gesicht. »Niemand verschwindet ganz spurlos. Man muss nur genau hinschauen und nachdenken. So ein plötzlicher Aufbruch, der klingt für mich ganz verdächtig nach einem Notfall. Ich meine, wenn man es megaeilig hat, dann kann das schon mal passieren, dass man vergisst, Bescheid zu geben.«

Jette nickte. »Aber trotzdem seltsam, dass sie überhaupt nicht erreichbar ist. Wenn ich das richtig verstanden habe, kriegen die nicht mal ein Freizeichen, wenn sie sie anrufen.«

»Dann muss sie das Handy ausgestellt haben«, schlussfolgerte Morbo. »Wenn sie nur nicht drangeht oder es nur lautlos gestellt ist, müsste ja wenigstens das Freizeichen zu hören sein. Und irgendwann die Mailbox drangehen.«

»Ich sag doch, die hat ’nen Lover und will nicht gestört werden«, sagte Erbse und grinste. »Deshalb hat sie es ausgestellt.«

»Auf jeden Fall klingt das danach, dass unsere Einkehrtage noch spannend werden könnten«, sagte Jette. »Ich meine, das mit dem Nachtwächter gestern, das war schon spooky. Und jetzt gibt’s einen Vermisstenfall.«

Morbo schnippte mit den Fingern. »Oder die haben das für uns inszeniert. Die wollen vielleicht testen, wie wir so drauf sind. So gruppendynamisch, meine ich.«

Jette verdrehte die Augen und stibitzte sich einen Pilz von Morbos Pizza. »Ich glaube kaum, dass Meister Weckmann für uns so eine Art Krimi-Dinner gebucht hat.«

»Aber sag mal, was war das denn jetzt mit diesem Flöckchen?«, hakte Erbse nach.

»Ist das ein Kaninchen?«, fragte Morbo.

Jette kicherte. »Nee, das muss ein Mann sein.«

Morbo klatschte sich vor die Stirn. »Ach, du lieber Weihnachtstroll, wenn man als Mann *Flöckchen* heißt, kann man doch nur mit ’ner Tüte über dem Kopf rumlaufen.«

Jette winkte ab. »Auf jeden Fall muss der Typ was an den Ohren haben. Er war der Einzige, der Rita heute Morgen kurz gesehen hat, und da ist sie an ihm vorbeigehastet und hat angeblich *Der Mai ist gekommen* vor sich hin gebrabbelt.«

Morbo riss die Augen auf. *»Der Mai ist gekommen?* Da klingelt bei mir was. Im wahrsten Sinne des Wortes.«

Was meint Morbo damit, dass bei ihm etwas klingelt?

Lies morgen weiter.

7. Dezember

Mandelspekulatius

Jette hatte am Vortag direkt kapiert, dass der Junge hinter der Theke des Regionalladens einer der Musiker der Band war. Sie hatte ihn auf der Rückseite der CD erkannt. Jetzt wollte sie noch einmal zu dem Laden und sich eine der CDs kaufen. *Google My Name.* Den Bandnamen fand sie schon ziemlich originell. Und dann hatte sie sich auf dem Smartphone ein paar Songs von den Jungs angehört, die bereits im Internet veröffentlicht worden waren. Und auch die hatten ihr richtig gut gefallen.

»Ich hab doch gleich gesehen, dass du auf den Typen in dem Laden stehst«, foppte Morbo Jette, als sie ihm und Erbse erklärte, dass sie noch mal dorthin wollte. »Richtig rot geworden bist du wegen diesem Flokati.«

Jette boxte Morbo gegen die Schulter. »Gequirlter Käse, den du da von dir gibst. Und was in aller Welt ist ein Flokati?«

Morbo verdrehte die Augen. »Sag bloß, du kennst nicht diese Teppiche mit dem langen hellen Wollflor! Die Frisur von dem Freak sieht doch genauso aus.«

»Pft!«, machte Jette, obwohl sie gleichzeitig dachte, dass Morbo nicht ganz unrecht hatte. Dabei hatte Morbo selbst solche Wuschelhaare, wenn auch dunkle. »Jedenfalls werde ich auf dem Weg zum Laden mal verstärkt auf das Glockenspiel achten. Und du bist dir sicher, dass es heute früh *Der Mai ist gekommen* gespielt hat?«

Morbo nickte mit Nachdruck. »Ganz sicher. Ich hab gleich gemerkt, dass was komisch war. Nur war mir da noch nicht ganz klar, was. Aber jetzt ist der Drops gefallen.«

»Der Groschen«, verbesserte Erbse ihn. »Es heißt, *der Drops ist gelutscht* oder *der Groschen ist gefallen.* Das sind allerdings zwei vollkommen verschiedene Bedeutungen.«

»Ja, ja«, maulte Morbo. »Auf jeden Fall passt das Lied null zur

Jahreszeit. Der Nachtwächter hat doch erklärt, dass die Glockenspiel-Melodien immer zum Jahreskreis passen.«

Jette kratzte sich am Kinn. »Und was für ein Zufall, dass Rita das vor ihrem Verschwinden gesagt haben soll.«

»Wenn es denn ein Zufall war.« Morbo machte ein wichtiges Gesicht.

Erbse sah die anderen zweifelnd an. »Wenn das alles überhaupt stimmt. Vielleicht ist dieser Flöckchen – wer auch immer das ist – wirklich schwerhörig. Oder Renata hat Flöckchen nicht richtig verstanden. *Oder* Gabriel Renata«, gab er zu bedenken. »Ihr kennt das doch, diesen Stille-Post-Effekt. Wenn eine Nachricht immer weitergesagt wird, kommt am Ende was ganz anderes dabei raus. Und du warst dir doch heute Morgen auch nicht ganz sicher, was dir so komisch vorkam, Morbo.«

»Aber jetzt.« Morbo klang beleidigt. »Wie gesagt, als ich *Der Mai ist gekommen* gehört habe, ist der Drops ... äh, der Groschen bei mir gefallen.«

Erbse kicherte. »Auf jeden Fall komme ich über diesen Namen nicht hinweg. Flöckchen!«

Jette winkte zum Abschied. »Also, ich bin dann mal kurz weg. Ein kleiner Spaziergang wird mir guttun. Ich hab mich an der Pizza so was von überfuttert.«

Morbo hob den Zeigefinger. »Nach dem Essen sollst du ruh'n oder tausend Schritte tun. Weiß doch jeder. Ich entscheide mich lieber für das Erste und hau mich mit Knöpfen in den Ohren kurz hin und höre ein bisschen *Die drei ???*.«

»Aber stell dir einen Wecker. Um drei Uhr ist wieder Seminar bei Gabriel. Nicht, dass du verpennst!«, rief Jette winkend.

Es war deutlich kälter geworden und ein scharfer Wind fegte durch die Gassen. Eine hauchdünne weiße Schicht hatte sich wie Puderzucker über die Welt gelegt und die Luft prickelte eisig auf der Haut. Jette zog sich ihren XXL-Wollschal vor den

Mund und fiel in Trab, um sich warm zu laufen. Wieder bimmelte das Glöckchen, als sie den Regionalwarenladen betrat.

»Hallo! Ganz schön kalt geworden, nicht wahr?«, grüßte eine ältere Dame freundlich, die heute hinter der Theke stand und dabei war, Seidenband-Schleifchen zu binden.

Jette zog sich den Schal vom Gesicht. »Ja, das kann man wohl sagen«, erwiderte sie. »Aber hier ist es schön warm.« Sie wusste nicht, ob sie enttäuscht oder froh war, dass der blonde Junge heute nicht an der Kasse stand. Vielleicht war es gut so, denn sie wäre beim Bezahlen bestimmt feuerrot geworden. Andererseits … vielleicht hätte sie sich sogar getraut, um ein Autogramm zu bitten.

Jetzt, in der Mittagszeit, war außer ihr kein weiterer Kunde im Laden.

»Kann ich Ihnen denn weiterhelfen, junge Dame?«, fragte die Frau. Ihre grauen Locken fielen ihr dicht ums Gesicht.

Jette amüsierte sich darüber, dass die Frau sie siezte. »Danke, aber ich hab's schon gefunden.« Damit grapschte sie sich eine der CDs aus dem Regal.

Offenbar konnte die Frau nicht so gut Englisch. »Ah, die CD von *Google My Name!«,* sagte sie und sprach dabei den Bandnamen so aus, dass es eher wie *Goggel Mi Näm* klang. »Unser junger Kollege Marcel ist einer der Musiker. Ein sehr netter junger Mann. Hauptberuflich macht er eine Ausbildung im Altenheim. Aber das beißt sich nicht mit seinem Job hier, weil er dort mal Spät-, mal Frühdienst hat.«

»Ich weiß«, antwortete Jette und wurde tatsächlich schon wieder rot. »Also, dass er in der Band mitspielt.« Sie legte das Geld auf die Theke.

»Soll ich Ihnen die CD als Geschenk einpacken?«, fragte die Frau und hielt dabei eins der Schleifchen in die Höhe, das sie gerade gebunden hatte.

Jette zuckte die Schultern. »Ja, warum nicht. Das wär nett.« Dann sah sie zu, wie die Frau sorgsam das Weihnachtspapier um die CD faltete und mit dem Schleifenband verschnürte. Sie freute sich über das Geschenk, das sie sich selbst machte, und beschloss, die Gelegenheit zu nutzen, dass sie mal ohne Erbse und Morbo unterwegs war, um sich etwas gründlicher in dem Laden umzusehen.

Sie kaufte noch ein Tütchen Mandelspekulatius, der im nahe gelegenen Kloster gebacken wurde, und hätte fast die Zeit ein wenig aus den Augen verloren, denn schon hörte sie die Kirchturmglocken läuten. Es war halb drei!

Schnell huschte sie aus dem Laden, lief die paar Schritte bis zum Vorplatz der Kirche und spitzte die Ohren. Die Melodien erkannte sie zweifelsfrei. Das Glockenspiel spielte *Jingle Bells* und *Tochter Zion*. Morbo musste sich vertan haben.

Plötzlich wurde die Tür aufgestoßen, an der sie am Tag vorher den Küster gesehen hatten. Anna und Maria kamen aus der Kirche heraus und rannten laut kichernd die Straße hinunter.

Die haben es aber eilig, dachte Jette. Einen Moment lang überlegte sie, ob sie nach ihnen rufen sollte, aber dann ließ sie sie ziehen und schlenderte langsam die Straße entlang Richtung Bildungsstätte. Morbo und Erbse würden sich bestimmt über die leckeren Plätzchen freuen.

Jette wunderte sich über sich selbst. War sie nicht vorhin noch so vollgefuttert gewesen, dass sie dachte, sie müsste platzen? Und jetzt lief ihr bei dem Gedanken an die knusprigen Spekulatius schon wieder das Wasser im Mund zusammen.

Ein Gedanke schwirrte ihr durch den Kopf. Eine undeutliche Erinnerung an etwas. Aber sie bekam sie nicht richtig zu greifen.

Als sie durch die gläserne Eingangstür der Bildungsstätte trat, kam plötzlich Erbse auf sie zugerannt. »Jette! Ich hab herausgefunden, wer Flöckchen ist!«

Welche Erinnerung schwirrt Jette wohl durch den Kopf? Und wer ist Flöckchen?

Lies morgen weiter.

8. Dezember

Ein Puma im Keller

Während Jette zum Laden unterwegs war und Morbo chillte, hatte sich Erbse mit ein paar anderen zum Kartenspielen verabredet. Im Keller gab es einen Aufenthalts- und Spieleraum, in dem auch ein etwas altersschwacher Kicker stand, der bei jedem Schuss laut quietschte.

Die anderen waren schon vorgegangen, weil Erbse noch dringend pinkeln gehen musste, und als er die Treppe hinunterlief, hallte ihm die raue Stimme von Miley Cyrus entgegen. *The midnight sky is the road I'm takin'* …

Erbse dachte, die Musik käme aus dem Aufenthaltsraum, doch als er vor der Tür stand, war klar, dass nicht hier, sondern irgendwo ganz am Ende des Gangs ein Radio dudelte. Neugierig schlich er in die Richtung und fand sich vor einem Raum wieder, in dem eine Werkstatt eingerichtet war. Das altmodische Radio stand auf einer Werkbank mit einem Schraubstock. Niemand war zu sehen, zumindest kein Mensch. Nur unter der Werkbank schlummerte in einem Korb eine rot getigerte Katze. Erbses Blick blieb an einem Schild neben der Tür hängen. *Werner Flockhardt, Haustechnik.* »und Caruso« hatte jemand mit krakeliger Schrift daruntergeschrieben.

Flöckchen, schoss es Erbse durch den Kopf. Bei Flöckchen musste es sich um den Hausmeister Herrn Flockhardt handeln. Und bei Caruso um die Katze, die also ein Kater war. Oder ein Puma oder so was, denn es war ein sehr großes Tier.

Plötzlich kam jemand aus dem hinteren Teil des Raumes geschlurft, ein Mann mit Bierbauch, schütterem Haar und Ziegenbärtchen. Er trug eine blau karierte Thermojacke. Erbse musste ein Kichern unterdrücken. Der Name *Flöckchen* für so einen voluminösen Menschen war wirklich originell. Da Erbse keine Lust hatte, gefragt zu werden, was er da machte, zog er sich blitzschnell zurück. Außerdem warteten seine Kumpel.

Als Erbse später nach der sehr lustigen Kartenspielrunde, bei der er jedes Spiel verloren hatte, die Treppe wieder hinaufspurtete, lief er direkt Jette in die Arme, die gerade mit kälteroten Wangen von ihrer Einkaufstour zurückkam.

»Jette! Ich hab rausgefunden, wer Flöckchen ist!«, rief er stolz und erzählte ihr von der Hausmeisterwerkstatt im Keller und dem rot getigerten Raubtier.

Jette tätschelte ihm anerkennend die Schulter. »Und ich hab mir das Glockenspiel gerade noch mal von Nahem angehört. Dieselben Weihnachtslieder wie gestern. Eindeutig.«

»Aber heute Morgen hat es *Der Mai ist gekommen* gespielt, ganz sicher!« Morbo stand plötzlich hinter ihnen und machte ein trotziges Gesicht.

Jette warf einen Blick auf die Uhr. Es war Zeit für das Seminar bei Gabriel. »Wirklich seltsam«, sagte sie achselzuckend. »Jetzt ist es auf jeden Fall wieder in der Adventszeit angekommen. Und sonst so? Habt ihr was Neues von der roten Rita gehört?«

Die Jungen schüttelten den Kopf.

Jette konnte nicht anders. Sie musste ständig an die Herbergsleiterin denken und an das Glockenspiel und dann war da noch irgendetwas anderes, das in ihrem Kopf herumspukte, das sie aber nicht zu fassen bekam. Sie hatte das Gefühl, dass da ein paar Puzzleteile nicht zusammenpassten. So etwas ließ ihr einfach keine Ruhe!

Und als kurz darauf Gabriel mit Sorgenfalten auf der Stirn in den Seminarraum kam, da fragte sie ihn frei heraus: »Sag mal, ist Rita etwa immer noch nicht wiederaufgetaucht?«

Gabriel fuhr sich nervös mit gespreizten Fingern durch die Haare. »Ach, habt ihr das auch mitbekommen? Nein, Rita Goldner ist nicht aufgetaucht. Aber das wird sich bestimmt bald klären. Lasst uns loslegen. Wir machen diesmal eine Art

Schnitzeljagd durch unser Gebäude und über das Gelände. Bildet dazu bitte als Erstes Dreier- oder Vierergruppen. Ich erkläre dann, wie es weitergeht.«

Schnitzeljagd! Klar, dass Spürnase Jette sich mit ihren besten Freunden Morbo und Erbse zusammentat. Und schon schwärmten die kleinen Gruppen aus, um einen ganzen Katalog von Fragen zu beantworten, die zum Teil richtig kniffelig waren. Es ging dabei auch darum, die Einrichtung kennenzulernen mit ihrem Aufbau, ihren Abläufen, den Menschen, die dort arbeiteten, mit den Fluchtwegen und vielem mehr.

Gerade liefen Jette, Erbse und Morbo einen der Flure entlang, da wurde die Glastür zum Treppenhaus geöffnet und Grazia, Maria und Anna traten laut kichernd in den Flur.

Jette legte eine Vollbremsung hin, dass die Gummisohlen unter ihren Schuhen quietschten. Plötzlich stand die Erinnerung glasklar vor ihrem inneren Auge. Es war tatsächlich ein Gefühl, als hätten sich zwei Puzzleteile ineinandergelegt. Maria und Anna waren doch auch vorhin kichernd aus der Kirchentür herausgekommen! Und gestern, nach der Führung mit dem Nachtwächter, hatte jemand anders an genau der Tür gestanden. »Was hat der Nachtwächter gestern noch mal zu dem Mann gesagt, der die Seitentür der Kirche abgeschlossen hat?«

Erbse kratzte sich an der Schläfe und dachte angestrengt nach. »Schönen Urlaub oder so.«

»Nein, ich meine den Namen«, zischte Jette ungeduldig. »Der hat den Mann doch mit Namen angesprochen.«

»Stimmt«, erinnerte sich jetzt Morbo. »Aber den habe ich nicht behalten.«

Jette kniff die Augen zusammen. »Ich aber. Ich habe mich gerade daran erinnert, weil Gabriel ihn gesagt hat.«

»Hä?«, machte Erbse. »Der hat den Namen von dem Mann gesagt? Hab ich nicht mitbekommen.«

»Hat er auch nicht«, erwiderte Jette, womit Erbses Verwirrung komplett war.

»Aber…«, setzte er an, doch Jette fiel ihm ins Wort.

»Gabriel hat vorhin gesagt, Rita Goldner sei noch immer nicht aufgetaucht«, erklärte sie. »Na, klingelt's da bei dir?« Und um Morbo zu foppen, fügte sie hinzu: »Ist der Drops gefallen?«

Erbse klatschte sich mit der Hand an die Stirn. »Klar! Goldner war auch der Name, den der Nachtwächter gesagt hat.«

Morbo zuckte mit den Schultern. »Vielleicht sind die ja verheiratet, die rote Rita und der Küster der Kirche.«

»Aber das könnte doch erklären, wo Rita steckt«, rief Erbse. »Nämlich im Urlaub. Mit ihrem Mann. Das sollten wir Gabriel vielleicht mal sagen.«

Morbo und Jette starrten Erbse an, als hätte er ihnen gerade feierlich gestanden, dass er in Wahrheit der Sohn von König Charles sei.

»Merkste selbst, oder?«, sagte Jette. »Die Leiterin der Bildungsstätte geht in Urlaub, ohne dass ihre Kollegen das wissen? Und das Handy stellt sie auch ab? Du weißt schon, dass es so was wie Urlaubspläne gibt in so einem Betrieb, oder?«

Morbo kicherte. »Und sie ist so überstürzt abgehauen, weil ihr plötzlich wieder eingefallen ist, dass sie mit ihrem Mann in den Urlaub fahren wollte und aus Versehen zur Arbeit gegangen ist. Mensch, auf so einen Joke kannst auch nur du kommen.«

Erbse schnaubte beleidigt.

»Aber das wäre schon ein großer Zufall. Da murmelt sie beim Verlassen des Hauses den Namen des Liedes, das da sonderbarerweise heute Morgen vom Kirchturm gedudelt ist, und der Küster dieser Kirche hat denselben Nachnamen wie sie«, gab Morbo zu bedenken.

»Sagt mal, diese Schnitzeljagd, bezieht die sich wirklich nur hier auf das Haus und das Gelände?« Erbse grinste verschmitzt. »Ich hätte da nämlich sonst eine Idee.«

Hat der Küster der Kirche etwas mit Ritas Verschwinden zu tun?

Lies morgen weiter.

9. Dezember

Ein schwarzes Loch

Erbses Idee war, die Schnitzeljagd etwas auszudehnen, nämlich bis zur Kirche. »Bis wir im Gruppenraum wieder zusammenkommen sollen, sind wir drei längst wieder da«, sagte er. »Das kriegt bestimmt keiner mit, wenn wir mal kurz abzischen.«

Schnell schlüpften Morbo, Erbse und Jette in ihre Winterjacken und verschwanden zur Hintertür im Untergeschoss hinaus. Abdrücke von Katzenpfötchen hatten hier ein Muster in die dünne Schicht aus Schneegriesel gemalt. Der Boden war inzwischen so hart gefroren, dass es bei jedem Schritt ein Geräusch machte, als würden sie über Cornflakes laufen.

Bald schon hatten sie die Kirche erreicht. Zu ihrem Erstaunen befanden sich noch ein paar Leute in der Kirche, die gerade im Begriff waren zu gehen.

»Ups! Da ist wohl gerade erst eine Messe zu Ende gegangen«, flüsterte Morbo.

»Was wollen wir eigentlich hier?«, wisperte Jette. »Wir wissen doch, dass der Küster im Urlaub ist.«

»Ja, aber der wird bestimmt von irgendwem vertreten«, erwiderte Erbse im Flüsterton.

Jette runzelte die Stirn. »Als ob der den ganzen Tag in der Kirche zubringen würde. So 'n Küster hat ganz viele verschiedene Aufgaben. Da wären wir besser zum Pfarrbüro gegangen, wenn wir jemandem Fragen stellen wollen.«

In diesem Moment ging neben dem Chorraum eine Tür auf und ein hochgewachsener Mann um die vierzig mit Brille und Seitenscheitel kam heraus. Drei Jugendliche folgten ihm, alle noch im Talar, obwohl die Messe ja bereits zu Ende war.

Morbo klappte die Kinnlade runter. »Ich fress 'nen Besen mitsamt Stiel. Der Flokati ist Messdiener!«

Jetzt erkannte auch Jette den Jungen aus dem Laden. Im

nächsten Moment merkte sie, wie ihr Hitze in die Wangen stieg. Hastig zog sie sich den Schal weiter vors Gesicht und die Mütze tiefer über den Pony und brummte nur ein zustimmendes »Hm«.

Der Mann trat mit den Jungen vor den Seitenaltar und redete wild gestikulierend. Offenbar erklärte er ihnen etwas.

»Dann fragen wir halt den«, sagte Erbse und nickte in seine Richtung. Noch ehe Jette etwas erwidern konnte, steuerte Erbse schon zielstrebig auf den Mann mit dem cremefarbenen Gewand zu.

Als der Erbse bemerkte, lächelte er ihn freundlich an und legte die Fingerspitzen aneinander. »Junger Mann, kann ich etwas für dich tun?«

»Vielleicht. Es ist nämlich so, dass wir gerade mit unserer Klasse hier in der Jugendbildungsstätte sind«, plapperte Erbse drauflos.

Der Mann nickte. »Ich bin Elmar Krippenbauer, Pastoralreferent und Diakon. Worum geht es denn?«

»Und ich heiße Erb… äh, Emil«, fuhr Erbse fort. »Also, der Herr Goldner …«

»Unser Küster, ja.« Herr Krippenbauer nickte. »Der ist allerdings gerade im Urlaub. Aber vielleicht kann ich euch ja auch weiterhelfen.«

»Ja, also, die Rita …«, setzte Erbse an, woraufhin der Pastoralreferent ihm direkt wieder ins Wort fiel. »Rita Goldner, ja, das ist seine Schwester, die Leiterin der Bildungsstätte. Manchmal hilft sie hier aus, wenn ihr Bruder krank ist oder im Urlaub.«

Ist ja echt praktisch, dachte Erbse. Ich brauche immer nur ein Stichwort zu geben und schon plappert der Typ drauflos. Dann wussten sie jetzt schon mal, dass Rita die Schwester des Küsters war und nicht seine Frau.

»Haben Sie die Rita denn heute schon gesehen?«, fragte jetzt Morbo.

Der Pastoralreferent schüttelte den Kopf. »Nein, heute noch nicht. Warum?«

Aber anstatt auf die Frage zu antworten, stellte Jette eine weitere. »Und ist Ihnen heute Morgen aufgefallen, dass das Glockenspiel ein falsches Lied gespielt hat?« Durch den Wollschal hindurch klang es ein wenig, als hätte sie Watte im Mund.

Herr Krippenbauer blickte verwirrt von Jette zu Morbo und zu Erbse. »Ich verstehe nicht ganz ...«

In diesem Moment kam Bewegung in Flokati und die anderen Jungen. Nervös traten sie von einem Fuß auf den anderen. »Äh, wenn Sie uns jetzt nicht mehr brauchen ... Also, dann würden wir uns auf den Weg machen, wir haben noch was vor.«

Und ohne eine Antwort abzuwarten, waren die drei auch schon in der Sakristei verschwunden.

Jette zog sich den Schal vom Gesicht. »Die Sache ist die«, klärte sie Herrn Krippenbauer auf. »Rita wird seit heute Morgen vermisst und das Glockenspiel hat heute früh *Der Mai ist gekommen* gespielt.«

»Jawoll«, sagte Morbo mit Nachdruck. »Ich bin Zeuge. Also, quasi akustisch.«

Der Pastoralreferent räusperte sich. »Ihr wollt mich veräppeln, oder?«

»Ganz sicher *nicht!«*, rief Jette und die beiden Jungen nickten bekräftigend.

»Aber das Lied passt doch gar nicht zur Jahreszeit! Und was soll das heißen: Frau Goldner ist weg? Und was hat das eine mit dem anderen zu tun?«, fragte Herr Krippenbauer verwirrt.

Erbse zuckte mit den Schultern. »Wir hatten gehofft, dass Sie das vielleicht wissen.«

»Wir haben nämlich gestern vom Nachtwächter gelernt, dass das Glockenspiel immer Lieder spielt, die zum Jahreskreis passen«, erklärte Jette. »Und dass die Lieder immer da oben auf diesem Computer einprogrammiert werden.« Mit dem Daumen wies sie hinauf zum Kirchturm.

»Also muss ja einer da raufgegangen sein und das falsche Lied eingegeben haben«, schlussfolgerte Morbo.

»Und ihr wollt mich wirklich nicht vergackeiern?«, fragte Herr Krippenbauer und stiefelte auch schon im Stechschritt los, dass der Talar ihm nur so um die Beine wehte. Ein fester Druck auf die Klinke und es war klar. »Die Tür zum Kirchturm ist aber abgeschlossen«, stellte der Pastoralreferent fest. »So wie es sein soll.«

»Hat denn außer dem Nachtwächter und Herrn Goldner noch jemand einen Schlüssel?«, fragte Jette. »Rita zum Beispiel? Ich meine, wenn die hier manchmal aushilft, wenn ihr Bruder nicht da ist ...«

Der Pastoralreferent schüttelte den Kopf. »Nein, und es sind sogar zwei Schlüssel. Einer für die Tür hier unten und einer für die Tür zum Glockenspiel. Ein Schlüsselsatz ist aber noch im Pfarrheim im Sekretariat hinterlegt und einer hier in der Sakristei. Aber darauf haben nur wir Geistliche Zugriff.«

Damit wandte er sich zum Gehen. »Ihr seht ja, die Tür ist verschlossen und das mit dem Glockenspiel passt jetzt wieder. Rita taucht bestimmt bald wieder auf. Grüßt sie von mir.« Er hob die Hand zum Gruß und verschwand durch dieselbe Tür, durch die auch die Jungen kurz vorher gegangen waren.

Morbo machte vor dem Gesicht eine Scheibenwischer-Handbewegung. Erbse sagte: »Scherzkeks. Hat der nicht verstanden, dass wir Rita *suchen?* Wie sollen wir die dann grüßen?«

Morbo zuckte mit den Schultern. »Keine Ahnung. Aber was ich weiß, ist, dass wir mal langsam wieder zurücksollten. Sonst glauben die noch, hier wäre in der Nähe so eine Art schwarzes Loch, durch das alle möglichen Leute verschwinden.«

»Apropos verschwinden«, sagte Erbse. »Wo steckt denn jetzt auf einmal Jette?«

Werden Erbse, Morbo und Jette das Geheimnis des Glockenspiels lösen können?

Lies morgen weiter.

10. Dezember

Der Poltergeist

Jette hatte sich in eine der Kirchenbänke zurückgezogen, um nachzudenken. Die Stille, die nun in die Kirche eingekehrt war, half ihr, ihre Gedanken zu sortieren. Hatte Ritas Verschwinden wirklich etwas mit dem Glockenspiel zu tun? Wer hatte es verstellt? Und vor allem, wie? Da war doch vorhin eine wichtige Bemerkung gefallen, wieder so ein Puzzleteil, das noch an den richtigen Platz musste. Plötzlich sah sie vor ihrem inneren Auge, wie nachts ein Geist durch die Kirche schwebte, den Kirchturm erklomm und wild auf der Tastatur des Glockenspiel-Computers herumhackte.

»Hey, Jette, kommst du?«, riss Morbo sie aus ihren abstrusen Gespenstergedanken und zog sich seine Beanie über die dunklen Strubbelhaare. »Wir müssen langsam zurück, wenn wir nicht vom ollen Weckmann eine Standpauke kriegen wollen.«

Aber Jette winkte ab. »Nein«, sagte sie entschieden. »Wenn ihr mich fragt, dann stimmt hier was nicht. Wenn die Musik verstellt war, *muss* jemand im Turm gewesen sein.«

»Ja, und danach ist noch mal einer drin gewesen und hat es wieder umgestellt. Zum Beispiel der Organist. Was weiß ich?« Morbo zog sie am Ärmel. »Komm jetzt.«

»Deinetwegen kriegen wir noch Ärger, du verhinderte Privatdetektivin«, motzte Erbse.

»Ähm, wessen Idee war das noch mal, sich während der Schnitzeljagd abzusetzen? Kannst ja abhauen«, maulte Jette zurück. Sie stand auf, lief noch einmal zum Aufgang des Kirchturms und sah die Tür einen Moment prüfend an, als könnte die ihr ein Geheimnis verraten. Schließlich drückte Jette horchend ein Ohr gegen das massive Holz.

»Was machst du denn da?«, zischte Morbo.

Jette hielt sich den Finger vor die Lippen. »Wonach sieht's

denn aus? Sei doch mal leise.« Dann schlug sie dreimal fest mit der Faust gegen die Tür. Sie horchte wieder und klopfte noch einmal.

»Was willst du denn damit bewirken? Mäuse aufschrecken? Spinnen von der Decke klopfen?«, witzelte Erbse.

Aber Jette ließ sich nicht beirren. Sie winkte ihn zu sich. »Hörst du das auch?«

Erbse seufzte, schob sich die Mütze vom Ohr und presste die Ohrmuschel an das kalte Holz.

Dann stutzte er. »Klingt wie das Echo von deinem Getrommel hier.«

»Ich glaube eher, da antwortet jemand«, wisperte Jette aufgeregt und auf einmal fiel das Puzzleteil an die richtige Stelle. »Wenn Rita manchmal aushilft, wenn ihr Bruder nicht da ist, dann ist sie vielleicht heute Morgen zur Kirche geeilt, als sie die falsche Melodie gehört hat! Das würde erklären, warum sie *Der Mai ist gekommen* vor sich hin geflucht hatte. Vielleicht ist sie da oben eingesperrt!«

Morbo riss die Augen auf. »Du könntest recht haben. Die Frage ist nur, warum das Glockenspiel falsch programmiert war. Und wenn Rita einen Schlüssel hatte, um in den Turm reinzukommen, warum ist sie dann nicht auch wieder rausgekommen?«

»Und warum ist sie über das Handy nicht erreichbar?«, erinnerte Erbse.

»Kein Plan«, erwiderte Jette. »Morbo, schau schnell nach, ob der Krippendingsbums noch in der Sakristei ist!«

»Krippenbauer«, erwiderte Morbo.

Jette verdrehte die Augen. »Dann eben Krippenbauer. Beeil dich. Und der soll die beiden Schlüssel mitbringen.«

»Also, Kinder, ich habe euch wirklich im Verdacht, dass ihr mich auf den Arm nehmen wollt, und eigentlich habe ich jetzt auch gar keine Zeit mehr«, plapperte der Pastoralreferent, als

er eiligen Schrittes vor Morbo her durch das Seitenschiff angerauscht kam. In seiner Hand klimperten die Schlüssel. Den Talar hatte er inzwischen abgelegt.

Als er den großen Schlüssel in das schwere eiserne Schloss schob, murmelte er kaum hörbar vor sich hin: »Was für ein Unsinn. Die Tür ist abgeschlossen, was soll dadrin sein? Ein Poltergeist, oder was?«

Doch als die dunkle Eichentür quietschend aufschwang, war es eindeutig: Da oben schlug jemand mit den Fäusten von innen an die Tür zum Glockenspiel. Und jetzt war auch eine Stimme zu hören!

Plötzlich sah Herr Krippenbauer erschrocken auf. »Heiliger Spekulatius! Da ist ja tatsächlich jemand eingesperrt!«

Jette machte ein wichtiges Gesicht. »Und wir haben da auch eine ganz starke Vermutung, wer das sein könnte.«

Kaum war der Pastoralreferent die vielen Treppenstufen hinaufgeeilt und hatte den Schlüssel im Schloss gedreht, wurde die Tür von innen auch schon aufgerissen und ein roter Schopf erschien.

»Das wurde aber auch langsam mal Zeit, dass mich hier jemand rausholt!«, keifte Rita. Ihr Gesicht wetteiferte farblich mit ihren Haaren um die Wette.

»Frau Goldner!«, rief Herr Krippenbauer, nach Luft ringend. »Was machen Sie denn hier? Und wieso waren Sie eingesperrt?«

»Das ist eine gute Frage!«, erwiderte die Leiterin der Bildungsstätte. »Vielleicht können Ihre reizenden Messdiener Ihnen die beantworten.«

Herr Krippenbauer zeigte auf Jette und die Jungen, die hinter ihm die Treppe heraufgeflitzt waren. Selbst Erbse war mitgekommen. Er war viel zu aufgeregt, um darüber nachzudenken, dass ihm schwindelig werden könnte. »Die Kinder, also, die Kinder haben …«, stammelte er.

»Was er sagen will, ist, dass du es uns zu verdanken hast, dass du befreit wurdest«, ergriff Morbo das Wort und fing sich damit einen halb vorwurfsvollen, halb amüsierten Blick von Jette ein. »Also, vielmehr Jette. Die hatte den Geistesblitz.«

Jette grinste. »Na ja, das war eher nüchterne Kombinationsarbeit.«

»Gabriel und Lucia haben tausendmal versucht, dich zu erreichen, Rita«, sagte Erbse. »Warum bist du nicht ans Handy gegangen?«

Mit verzweifelter Miene zog Rita Goldner das Telefon aus ihrer Gesäßtasche und hielt es in die Höhe. »Ihr werdet es kaum glauben, aber hier oben und zwischen den meterdicken Mauern kriegt man tatsächlich kein Netz. Und dann war auch noch ruckzuck der Akku leer. So ein Mist, sag ich euch.« Seufzend schob sie das Handy wieder in die Tasche. »Nicht mal aus einem Fenster kann man brüllen.«

Morbo warf einen Blick durch die Tür. Rita hatte recht. Es gab nur weiter oben im Mauerwerk Luken mit Holzlamellen, durch die die Musik der Glocken nach draußen schallte, und noch weiter oben kleinere Fensterchen. Keine Chance, ohne Leiter da dranzukommen. Und von hier aus war eine menschliche Stimme einfach zu schwach, um bis unten auf den Kirchplatz gehört zu werden.

Schließlich schob Rita Herrn Krippenbauer zur Seite. »Mir ist jedenfalls saukalt und ich muss mal. Und zwar dringend. Alles andere erzähl ich dann später.«

In dem Moment entdeckte Erbse etwas. Zuerst zweifelte er an seinem Verstand, doch dann war er sich sicher. Ritas linke Hand steckte in seiner rot-grünen Oma-Wollsocke!

Warum verdächtigt Rita die Messdiener, sie im Turm eingesperrt zu haben? Und wie kommt Erbses Socke an ihre Hand?

Lies morgen weiter.

11. Dezember

Die etwas andere Schnitzeljagd

Morbo hatte sein Handy die ganze Zeit lautlos gestellt und als er es jetzt auf dem Rückweg aus der Tasche zog, wunderte er sich nicht, dass seine Klassenkameraden tausendundeinmal versucht hatten, ihn zu erreichen.

Im Laufen hörte er die letzte Sprachnachricht ab. »Wo steckt ihr?«, quäkte Tinus' aufgeregte Stimme. »Der Weckmann ist auf hundertachtzig. Wir haben euch überall gesucht!«

Morbo drückte auf den grünen Punkt und nahm schnaufend eine Antwort auf. »Wir können nichts dafür, wir wurden genau wie Rita von einem schwarzen Loch verschluckt.«

Tinus schickte drei Fragezeichen zurück.

Morbo musste erst einmal kichern und nahm dann eine weitere Nachricht auf. »Scherz. Nee, im Ernst, easy on! Die Sache ist nämlich die, dass wir Rita gefunden haben. Sind gleich da.«

Herr Weckmann empfing die drei Freunde bereits am Eingang. Mit verschränkten Armen stand er in der Tür und versuchte, eine strenge Miene zu machen, was ihm nur mäßig gelang. »Da seid ihr mir aber mal ein paar Antworten schuldig«, knurrte er und rückte seine Brille zurecht.

»Die kriegen Sie, Herr Weckmann«, versicherte Jette.

»Tinus hat gesagt, dass ihr Frau Goldner gefunden habt?«, fragte der Lehrer mehr, als dass er es feststellte. Misstrauisch richtete er seinen Blick in die Ferne. Offenbar hielt er Ausschau nach ihr. »Ist das wahr?«

Erbse nickte. »Jette hat ja gestern schon gesagt, dass sie so was wie eine Detektivin ist. Und jetzt hatte sie auch wieder den richtigen Riecher.«

»Und wo ist Frau Goldner jetzt?«, wollte Herr Weckmann wissen.

»Beim Krippenbauer«, antwortete Morbo.

»Beim Krippenbauer?«, rief Herr Weckmann. »Wollt ihr mich auf den Arm nehmen?«

»Nein, so heißt der Pastoralreferent«, erklärte Jette. »Mit dem hat sie wohl ein paar Dinge zu besprechen.«

»Genau wie ich mit euch«, stellte der Lehrer klar. »Wieso übrigens mit dem Pastoralreferenten? Und wo seid ihr überhaupt gewesen? Und wo war Frau Goldner?«

»Im Kirchturm«, sagte Jette. »Aber können wir das nicht drinnen besprechen? Hier draußen ist es lausig kalt.«

Ohne eine Antwort abzuwarten, zog sie sich den XXL-Schal vom Hals und schob sich an ihrem Lehrer vorbei durch die Tür. Morbo und Erbse dackelten hinterher.

Verblüfft lauschte Herr Weckmann den Erklärungen der drei Freunde, die die richtigen Schlussfolgerungen gezogen hatten, sodass sie schließlich Rita Goldner befreien konnten.

»Na, da bin ich aber froh, dass ich so schlaue Schülerinnen und Schüler habe. Gut gemacht.« Herr Weckmann klang tatsächlich stolz und hatte die Standpauke offenbar vergessen. »Dann ist ja noch mal alles gut ausgegangen für die Ärmste. Und wir können das jetzt abhaken und uns alle wieder ganz auf unsere Einkehrtage konzentrieren.«

Jette funkelte Morbo und Erbse an und die beiden zwinkerten zurück. Sie dachten alle drei dasselbe. Von wegen abhaken. Da waren nämlich noch verdammt viele Fragen offen. Aber das sagten sie ihrem Lehrer natürlich nicht. Sie wollten ihn ja nicht beunruhigen. Am Ende würde er noch versuchen, sie von weiteren Nachforschungen abzuhalten.

»Klar!«, rief Erbse etwas zu euphorisch. »Wir gehen dann mal zum Gruppenraum und erzählen Gabriel und den anderen von unserer etwas anderen Schnitzeljagd.«

Später, als auch Rita Goldner zurückgekehrt war, bat sie Morbo, Erbse und Jette in ihr Büro. Sie sah noch immer durchgefroren aus, obwohl die Heizkörper voll aufgedreht waren.

Erbse bekam Schweißausbrüche und zupfte am Ausschnitt seines Hoodies. »Puh, machst du hier gleich auch noch einen Sauna-Aufguss?«, witzelte er.

Rita Goldner zog sich die Strickjacke enger um die Schultern und rang sich ein Lächeln ab. »Sorry, mir ist immer noch so kalt. Ich war schon froh, dass ich die Wollsocke neben dem Glockenspiel auf dem Boden gefunden habe. Die hab ich mir dann abwechselnd mal über die eine, mal über die andere Hand gezogen.« Sie drückte den dreien Becher mit heißem Tee in die Hand und zeigte auf einen Teller mit Plätzchen. »Bedient euch. Ich möchte mich noch mal herzlich bei euch bedanken. Ohne euren Spürsinn säße ich vermutlich noch immer in dem zugigen Turm und hätte vielleicht sogar die Nacht dort verbringen müssen.« Bei dem Gedanken schauderte es sie sichtlich.

»Ich könnte ja behaupten, ich hätte die Socke absichtlich da oben verloren, damit du wenigstens *eine* warme Hand hattest, aber das wäre voll gelogen«, versuchte Erbse einen Witz. Ihm war inzwischen klar, wie sie dorthin gekommen war. Er hatte sich die Socken ja in aller Eile in die Gesäßtaschen gestopft und vergessen, sie wieder rauszunehmen. Eine musste ihm bei der Führung im Turm aus der Tasche gerutscht sein.

»Wir verstehen ehrlich gesagt immer noch nicht, wie genau das passieren konnte, dass du dort eingeschlossen warst«, kam Jette auf das eigentliche Thema zurück. »Wir wissen, dass dein Bruder der Küster der Kirche ist und dass er im Urlaub ist und du dann manchmal dort aushilfst.«

Rita Goldner nickte. »Dann wisst ihr ja schon einiges.«

»Ja.« Erbse grinste stolz. »Sogar, dass das Glockenspiel heute früh einmal die falsche Melodie gespielt hat.«

»Ach, dann ist euch das sogar auch aufgefallen?« Rita Goldner schien wirklich beeindruckt.

Erbse klopfte Morbo auf die Schulter. »Der Morbo hier hat's gemerkt. *Der Mai ist gekommen.* Pft! Mitten im Dezember.«

»Und wir wissen auch, dass du das vor dich hin gemurmelt

hast, als du das Haus verlassen hast«, erklärte Jette. »Ohne diese Info wären wir niemals auf die Verbindung zwischen dem Glockenspiel und deinem Verschwinden gekommen!«

»Alle Achtung!« Rita Goldner lachte. »Ihr seid ja echt richtige Detektive! Was ihr aber nicht wisst, ist, dass so was schon mal vorgekommen ist. Da hatte sich ein Grüppchen Messdiener einen Scherz erlaubt. Die wissen nämlich, wo in der Sakristei die Schlüssel zum Glockenspiel liegen und wie man am Computer die Melodien programmiert. Mitten im Hochsommer schallte *Fröhliche Weihnacht überall* vom Kirchturm!«

»Und da dachtest du natürlich sofort, dass das wieder die waren, richtig?«, schlussfolgerte Morbo.

»Genau!« Rita schob sich eine rote Strähne hinter das Ohr. »Ich wollte nur rasch wieder für Ordnung sorgen und bin zur Kirche rüber. Schließlich hab ich einen Schlüssel zur Sakristei. Und das Glockenspiel kann ich auch programmieren. Aber …«

Die Freunde hielten die Luft an. Jetzt würden sie entscheidende Informationen bekommen.

»Aber als ich in die Kirche kam, stand die Tür zum Turm offen«, fuhr Rita Goldner fort. »Es war ja noch sehr früh und dunkel. Ich hab nur das Licht vom Handy angemacht und bin die Treppe rauf. Die Tür zum Glockenspiel stand seltsamerweise auch offen. Also bin ich rein und hab im Licht der Handylampe die Lieder umprogrammiert. Plötzlich höre ich, wie sich der Schlüssel im Schloss dreht. Ich bin noch zur Tür gerannt, so schnell ich mich das in dem spärlichen Licht getraut habe. Aber ich habe nur noch gehört, wie jemand die Treppe runtergepoltert ist und unten die andere Tür ins Schloss fiel.«

Stecken auch diesmal die Messdiener dahinter? Und warum wurde Rita eingeschlossen?

Lies morgen weiter.

12. Dezember

Verfolgungsjagd mit Nikolaus

Morbo stiefelte mit einer kaputten Glühbirne in der Hand hinunter ins Untergeschoss. Seine Nachttischlampe funktionierte nicht. Erbse hatte ihm erklärt, wo sich die Werkstatt des Hausmeisters Flöckchen befand, und vorgeschlagen, er solle dort nach Ersatz fragen.

»Aber Vorsicht vor Raubtieren!«, hatte Erbse ihm augenzwinkernd mit auf den Weg gegeben. »Stichwort Caruso.«

»What?«, fragte Morbo.

Erbse grinste breit. »Wirst du schon sehen. Wir treffen uns dann gleich unten beim Kicker.«

Morbo klopfte an den Rahmen der offen stehenden Tür. Der Hausmeister, der gerade dabei war, ein kleines Schränkchen zu leimen, das vor ihm auf der Werkbank stand, blickte auf.

»Entschuldigung, sind Sie Flö… äh, Herr Flockhardt?«, fragte Morbo und warf dabei verstohlen einen Blick auf das Schild neben der Tür, weil er den Namen, den Erbse ihm genannt hatte, nicht mehr so richtig auf dem Schirm hatte.

»Der bin ich«, antwortete der Mann mit der karierten Thermojacke. »Kannst *Flöckchen* zu mir sagen und mich duzen, das tun hier alle. Wie kann ich dir denn helfen?«

»Und ich bin Morbo.« Morbo hielt Flöckchen die Glühbirne hin. »Ja, also, die hier ist leider kaputt, die war in meiner Nachttischlampe. Hast du vielleicht eine neue für mich?«

»Morbo? Klingt wie eine Gestalt aus *Herr der Ringe*«, sagte Flöckchen lachend. »Aber ich habe ja selbst einen sehr passenden Spitznamen.«

Morbo zuckte mit den Schultern. »Ich weiß, bei meinen dunklen Haaren könnte man meinen, Morbo sei irgendein exotischer Name. Aber ich heiße eigentlich Moritz«, erklärte er. »Und das *-bo* kommt von *Bohlmann.*«

In dem Moment nahm Morbo aus dem Augenwinkel eine Bewegung wahr. Jetzt erst entdeckte er den riesigen Kater, der sich gerade in seinem Korb unter der Werkbank wohlig streckte. Der Kater blickte Morbo kurz – wie er meinte, vorwurfsvoll – an und schloss dann wieder die Augen. »Oha, das ist also Caruso«, stellte Morbo fest.

»Ja, keine Angst, der tut nix. Und kleine Jungs frisst er immer nur am Wochenende«, sagte Flöckchen und lachte, wobei sein Bauch auf und ab wippte. »Na, dann will ich mal schauen, was ich für dich habe.« Er drehte sich um und suchte in einem Wandschrank nach der passenden Birne.

Morbo stützte sich auf die Knie und betrachtete den schlafenden Kater. Er musste an die Spuren im Schneegriesel denken. »Kann man den streicheln?«

»Können schon«, feixte der Hausmeister. »Aber dass du hinterher noch alle Finger hast, dafür übernehme ich keine Garantie.«

Morbo, der schon die Hand ausgestreckt hatte, zuckte zurück.

»War ein Scherz! Caruso liebt es, gekrault zu werden. Er ist schon ganz alt und leider ziemlich krank.« Plötzlich verschwand das Grinsen aus Flöckchens Gesicht.

»Krank?«, fragte Morbo.

Flöckchen nickte. »Diabetes.« Dann reichte er Morbo eine Pappschachtel mit einer neuen Glühbirne. »Hier, die passt.«

Für Morbo war das ein Zeichen, dass Flöckchen nicht weiter über das Thema sprechen wollte. Er ließ sich auf die Knie nieder und kraulte dem Kater ein Weilchen das flauschige Fell. Der schnurrte dabei wie ein leiser Motor.

Plötzlich fiel Morbo die Verabredung zum Kickern ein und er richtete sich so plötzlich auf, dass er sich dabei den Kopf an der Werkbank stieß.

»Autsch!« Flöckchen verzog das Gesicht, als hätte er sich selbst angehauen. »Alles okay?«

»Nix passiert!«, versicherte Morbo dem Hausmeister, rieb

sich möglichst unauffällig die schmerzende Stelle und verabschiedete sich.

Aus dem Aufenthaltsraum drang schon das nervtötende Quietschen des altersschwachen Kickers. Morbo hörte Jette und Erbse lachen und kreischen. Vermutlich war gerade ein Tor gefallen.

Morbo fand es sicherer, die Glühbirne erst ins Zimmer zu bringen, bevor die in dem allgemeinen Gewusel im Aufenthaltsraum womöglich noch zu Bruch ging.

Leise *Jingle bells* vor sich hin summend, stiefelte er die Treppe hinauf, als plötzlich der Nikolaus von rechts aus dem Seitenflügel geeilt kam und mit gesenktem Kopf an ihm vorbeihuschte.

Der hat's aber eilig, dachte Morbo, als er die fliegenden Schöße des rot-weißen Mantels sah, und machte eine Vollbremsung, um nicht mit dem heiligen Mann zusammenzustoßen. Das hätte noch gefehlt, wenn der Gabenbringer die Glühbirne auf dem Gewissen hätte.

Der Nikolaus steuerte schnellen Schrittes auf die Eingangstür zu, als auf einmal Rita durch die offen stehende Bürotür auf ihn aufmerksam wurde. Wie von einem Stromschlag durchzuckt, sprang sie von ihrem Bürostuhl auf und spurtete mit drohender Faust auf den Nikolaus zu. Der stieß die Eingangstür auf und floh.

»Na warte, Freundchen, wenn ich dich kriege!«, brüllte Rita Goldner und nahm die Verfolgung auf.

Mit offenem Mund beobachtete Morbo durch die Glasscheibe die Verfolgungsjagd. Er sah noch, wie dem Nikolaus die Kapuze vom Kopf rutschte und ein hellblonder Zottelschopf zum Vorschein kam. Dann verschwand er zwischen den Häusern. Die rote Rita war ihm dicht auf den Fersen.

»Wenn ich es aber doch sage!«, zischte Morbo wenig später, nachdem er die Glühbirne in Sicherheit gebracht und sich zu Jette und Erbse gesellt hatte, die sich am Kicker ein erbittertes

Match lieferten. Jette führte knapp. »Der Flokati hat als Nikolaus verkleidet fluchtartig die Bildungsstätte verlassen und Rita hat ihn verfolgt. Ich bin ehrlich gesagt schwer beeindruckt, was für eine gute Läuferin sie ist. Würde mich nicht wundern, wenn die den Flokati sogar noch eingeholt hat.«

Jette gelang der nächste Treffer. »Matchpoint!«, rief sie. Für einen Moment überlegte sie, ob sie die Jungs darüber aufklären sollte, dass Flokati eigentlich Marcel hieß, aber dann behielt sie das doch lieber für sich. Sie wollte nicht den Eindruck erwecken, als würde der junge Musiker sie besonders interessieren. »Und du bist dir sicher, dass das der Flokati war?« Mit verbissener Miene setzte sie ihr Spiel fort. Noch ein Treffer und der Sieg wäre ihrer.

Erbse grübelte vor sich hin, wodurch ihn ein wenig die Konzentration verließ – und das in dieser alles entscheidenden Spielphase! Und da war es auch schon passiert.

Jette riss die Arme hoch. »Gewonnen!«

Erbse zuckte die Schultern. »Und ich möchte nicht mal eine Revanche, das Gequietsche geht mir auf den Senkel. Da kriegt man ja Tinnitus.«

Er stopfte sich den Finger ins Ohr und ruckelte. Außerdem war ihm ein wenig schlecht. Jettes Mandelspekulatius hatten sie bis auf einen aufgefuttert. Und den letzten fischte sich nun Morbo aus der Zellophantüte.

»Aber jetzt mal was anderes«, sagte Erbse. »Da haben sich offenbar gerade zwei Synapsen in meinem Hirn verkoppelt.«

»Glückwunsch«, frotzelte Morbo.

»Geschenkt«, erwiderte Erbse. »Nein, im Ernst, denkt mal an unser Gespräch vorhin mit dem Herrn Krippenbauer. Da passt doch jetzt eins zum anderen.«

Was meint Erbse?

Lies morgen weiter.

13. Dezember

Traumreise mit Unterbrechung

Jette saß auf dem Klodeckel und dachte nach. Sie hielt ihr Smartphone in den Händen und hörte über die In-Ears einen Song von *Google My Name*. Auf Youtube gab es ein Video dazu. *Jump Song* hieß das Lied.

Erbse hatte recht. Da passten ein paar Puzzleteile verdammt gut zueinander. Als Erbse es erwähnt hatte, erinnerten auch Morbo und Jette sich daran, dass Flokati und zwei andere Messdiener nicht nur beim Pastoralreferenten gestanden hatten, sondern dass sie es auch plötzlich sehr eilig gehabt hatten, als von dem verstellten Glockenspiel die Rede gewesen war. Und Rita Goldner hatte ihnen erzählt, dass ein paar Messdiener im Sommer das Glockenspiel umprogrammiert hatten. Also steckten diese drei womöglich dahinter. So weit, so gut, dachte Jette, das war ja einfach nur ein Streich gewesen. Ein ganz lustiger und origineller sogar, wie sie fand.

Aber waren die drei es auch gewesen, die Rita eingeschlossen hatten? Sie selbst ging offenbar davon aus, sonst hätte sie Flokati nicht schimpfend durch die Straßen gejagt. Und wenn ja, warum hatten sie das getan? Und warum geisterte Flokati in einem albernen Nikolauskostüm durch die Bildungsstätte? Er hatte die Flucht ergriffen. Das taten doch eigentlich nur Leute, die irgendetwas ausgefressen hatten.

Jette ertappte sich bei dem Gedanken, dass sie nicht wollte, dass Marcel mit der ganzen Sache etwas zu tun hatte. Dabei kannte sie ihn ja eigentlich gar nicht. Aber die Indizien sprachen gegen ihn.

Durch die rhythmischen Klänge hörte sie es plötzlich an der Badezimmertür wummern. »Hey, machst du eine Dauersitzung?«, erklang Grazias Stimme. »Ich kann so unmöglich zum Abendessen gehen. Muss mich noch stylen.«

Jette überlegte einen Moment, ob sie nun extra im Bad bleiben sollte, damit Grazia ungestylt gehen musste, um zu kapieren, dass man so was ganz locker überleben konnte. Aber dann hatte sie doch ein Einsehen mit ihr.

Sie hielt Grazia die Tür auf und machte eine einladende Armbewegung. »Violà, der Schönheitstempel ist dein.«

Grazia bedankte sich mit einem Knicks.

»Wo stecken eigentlich Anna und Maria?«, fragte Jette.

Grazia zuckte mit den Schultern. »Ich glaube, die wollten zur Kirche, aber so genau weiß ich das nicht.«

Zur Kirche? Plötzlich hatte Jette wieder ganz klar vor Augen, wie sie die beiden kichernd aus dem Seiteneingang hatte kommen sehen. Sie fragte sich, ob Anna und Maria einen Anfall von übermäßiger Frömmigkeit erlitten hatten, dass sie nun schon wieder in die Kirche gegangen waren.

Gerade war Grazia im Bad verschwunden, da wurde die Zimmertür aufgestoßen und Anna und Maria kamen hereingestürmt. Sie knallten die Tür hinter sich zu und lehnten sich schnaufend mit dem Rücken daran. Wieder kicherten sie, aber da war auch noch etwas anderes in ihren Gesichtern zu sehen. Panik? Schlechtes Gewissen? Irgendetwas wollten die doch überspielen! Das war Jette sofort klar.

»Was ist denn in euch gefahren?«, fragte Jette. »Hattet ihr eine Erscheinung? Ist euch vielleicht der heilige Nikolaus begegnet? Der ist hier nämlich vorhin im Haus rumgerannt. Aber ich kann euch beruhigen, es ist nicht der echte.«

»Pft!«, machte Anna und stützte sich heftig atmend auf die Oberschenkel. »Aber jetzt, wo du es sagst. So 'n verhinderter Polyester-Nikolaus ist uns tatsächlich entgegengekommen. Und er wurde von Rita verfolgt. Der hatte Haare, die sahen auch wirklich aus, als wären sie aus Polyester.« Sie und Maria kicherten wieder.

»Eher wie Schafwolle«, erwiderte Jette.

»Hä?« Anna zog die Augenbrauen hoch.

Jette winkte ab. »Ach, nix. Und wer hat *euch* verfolgt? Oder warum schiebt ihr so Panik?«

Anna und Maria tauschten kurz Blicke aus. »Jette, verrat's keinem, aber wir haben gerade einen Alarm ausgelöst«, sagte Anna.

»Einen Alarm?«, wiederholte Jette. »Hier im Gebäude? Ich hab gar nichts gehört!«

»Nee«, erwiderte Maria zerknirscht und schaute auf ihre Fußspitzen. »Das war …«

»Etwa in der Kirche?«, riet Jette. »Grazia sagte, dass ihr dahin wolltet.«

»Ja«, sagte Anna kleinlaut. »Wir haben da was gesucht und sind dabei wohl in so eine Lichtschranke geraten.«

Jette wurde neugierig. »Was habt ihr denn gesucht?«

»Ach, nix Besonderes«, antwortete Maria und lief rot an.

Und dann passierten zwei Dinge gleichzeitig.

Grazia hatte ihren Auftritt. Sie kam aus dem Bad geschritten und bewegte sich, als liefe sie über einen Catwalk. Im selben Moment bollerte es an der Zimmertür und Erbse rief: »Jette, kommst du zum Abendessen? Es riecht schon saulecker. Ich glaube, es gibt was Frittiertes!«

Jette musste an die Tüte Mandelspekulatius denken, die sie zusammen mit Erbse fast leer gefuttert hatte. Der Gedanke an etwas Frittiertes erzeugte da bei ihr eher Übelkeit.

»Ich komme sofort!«, rief sie durch die geschlossene Tür und flüsterte dann Anna und Maria verschwörerisch zu: »Das müsst ihr mir später genauer erzählen, abgemacht?« Dann öffnete sie die Tür und marschierte mit Erbse los. Die Pfarrkirche ging ihr nicht aus dem Kopf. Offenbar barg sie eine Menge Geheimnisse. Was mochten Anna und Maria dort wohl gesucht haben?

»Also, ich sag dir, in meinem Hirn tauchen immer mehr Fragen auf, das macht mich ganz wuschig«, sagte sie zu Erbse. Von dem Vorfall mit Anna und Maria verriet sie ihm erst einmal nichts. Sie war ja quasi Geheimnisträgerin.

Erbse schüttelte den Kopf. »Wuschig ist nicht gut. Aber dann wird es dich freuen, dass der Weckmann für uns noch eine Abend-Meditation bei Lucia klargemacht hat. Nach dem Essen sollen alle wieder so wollsockenmäßig im Gruppenraum antanzen. Dann kannst du bei schummrigem Licht und Vogelgezwitscher und Bachgeplätscher vom Band auf andere Gedanken kommen.«

»Oder Gedanken sortieren«, erwiderte Jette.

Nach dem Abendessen nahm Lucia die Schülerinnen und Schüler mit auf eine Traumreise. Vollgefuttert mit Brot, Salat und Bergen von Kroketten mit Ketchup und Mayonnaise lagen sie alle auf flauschigen Schafwollmatten und lauschten Lucias ruhiger Stimme, die von Meditationsmusik untermalt wurde.

Selbst Erbse, nun wieder mit zwei Wollsocken ausgestattet, fühlte sich pudelwohl, obwohl er sonst nicht so für Entspannungsübungen und dergleichen zu haben war. Ich bin mehr so der dynamische Typ, behauptete er von sich. Aber er fand, dass Lucia das richtig gut machte, und folgte ihr auf die Reise durch sonnendurchflutete Täler und auf grüne Bergwiesen. Der Duft der bunten Sommerblumen kitzelte ihn förmlich in der Nase!

Obwohl … da gab es zwei Dinge, die die Traumreise dann doch von der richtigen Spur abbrachten. Das eine war Tinus' leises Schnarchen – er war schon nach wenigen Augenblicken auf dem Traumweg über die Bergwiesen eingeschlafen. Das andere war der Gestank nach Frittierfett, der alles überlagerte. Auch den imaginären Wiesenblumenduft.

Und dann klopfte es leise und Herr Weckmann öffnete vorsichtig die Tür. »Tut mir leid, dass ich euch in der Entspannung kurz stören muss«, sagte er im Flüsterton. »Anna und Maria, könntet ihr bitte kurz kommen? Es ist dringend.«

Was haben Anna und Maria wohl ausgefressen?

Lies morgen weiter.

14. Dezember

Anna, Maria und das Jesuskind

Anna Selbdritt«, sagte Jette gedankenversunken. Sie hatte sich auf das alte Sofa im Aufenthaltsraum gefläzt und die Hände hinter dem Kopf verschränkt.

»Anna *was?*« Morbo zog die Schultern bis zu den Ohren, als der Kicker im Hintergrund wieder einmal besonders laut quietschte. »Wir sollten Flöckchen mal bitten, das Ding zu ölen. Davon kriegt man ja mittelprächtige Zahnschmerzen. Also, was für eine Anna?«

»Anna Selbdritt«, wiederholte Jette gähnend. »Noch nie was davon gehört? Anna, Maria und das Jesuskind. Anna war Marias Mutter.«

»Was du alles weißt«, sagte Morbo. »Ja, und was ist jetzt mit denen?«

»In unserer Kirche daheim gibt es so ein kleines Bildnis von Anna, Maria und dem Jesuskind«, erklärte Jette. »Ich fand diese kleine Skulptur schon als Kind so schön. Mein Vater hat mir erklärt, dass sie aus dem Spätmittelalter stammt. Ist also schon über 500 Jahre alt, stell dir das mal vor.«

Morbo zuckte die Schultern. »Muss ich mir bei Gelegenheit mal anschauen. Aber warum erzählst du mir das jetzt?«

»Fiel mir gerade so ein. Wegen der Namen«, sagte Jette. »Anna und Maria. Weil die beiden vorhin auch in der Kirche waren. Irgendwie musste ich deswegen an Anna Selbdritt denken.«

»Fehlt nur das Jesuskind«, frotzelte Morbo. »Ich möchte ja zu gerne wissen, warum die zum Weckmann mussten.«

»Ich hab da so eine Ahnung.« Jette hätte sich am liebsten auf die Zunge gebissen. Ihre Zimmergenossinnen hatten sie doch darum gebeten, niemandem von dem Missgeschick zu erzählen.

Aber nun war Morbos Neugierde geweckt. »Echt? Erzähl mal.«

Jette hielt ihm die Hand wie ein Stopp-Schild vor die Nase. »Ich hab versprochen, nix zu verraten.«

»Was darfst du nicht verraten?« Erbse tauchte hinter Morbo auf. Er hatte mit ein paar anderen Phase zehn gespielt und gnadenlos verloren.

»Nix eben.« Jette seufzte.

Erbse hob den Zeigefinger. »Doppelte Verneinung. Wenn du nichts nicht verraten darfst, dann darfst du's verraten.«

Jette rutschte tiefer in das Sofa und stöhnte.« Manchmal seid ihr echt anstrengend.«

Morbo hob beide Hände zu einer theatralischen Geste. »Aber wir werden die ganze Nacht nicht schlafen können, wenn du es uns nicht sagst.«

Erbse schob die Unterlippe vor. »Ich dachte, wir wären ein Team. Wir können doch schweigen wie ein Grab.«

Jetzt musste Jette lachen. »Ihr müsstet euch mal sehen, ihr Pfeifen! Wie zwei Hundewelpen seht ihr aus, denen man den Futternapf weggenommen hat.«

»Muss auf jeden Fall was mit Anna Selbdritt zu tun haben, vermute ich mal stark«, sagte Morbo und kam sich ziemlich wichtig vor.

»Anna Selbdritt? Was ist das denn für ein Kram? Ist das ansteckend?« Erbse kicherte.

Morbo klopfte ihm an die Stirn. »Da ist bei dir wohl nicht so viel los in Sachen Allgemeinbildung, wie? Anna Selbdritt kennt doch jeder. Außer Erbse.« Und dann wiederholte er, was Jette ihm gerade eben über die Heiligenfiguren erzählt hatte. Jette zeigte ihm einen Vogel.

»Was du alles weißt«, staunte Erbse. »Aber was hat das mit Anna und Maria zu tun? Ich meine, außer dass die dieselben Namen haben.«

»Vermutlich nichts.« Jette gähnte.

»Was soll das denn jetzt heißen?«, schimpfte Erbse.

»Na ja, da gibt's eben doch noch eine Gemeinsamkeit, näm-

lich die Kirche«, sagte Jette. »Ich weiß halt, dass Anna und Maria vorhin in der Pfarrkirche waren und …« Sie verstummte.

»Boah, jetzt lass dir doch nicht jeden Popel einzeln aus der Nase ziehen!«, motzte Erbse. »Bloß, weil man in der Kirche war, wird man ja nicht zum Klassenlehrer zitiert.«

Jette holte tief Luft. »Die haben da einen Alarm ausgelöst. Sind wohl in eine Lichtschranke geraten. Aber psst!« Sie legte den Zeigefinger an die Lippen. »Von mir wisst ihr nichts!«

Morbo winkte ab. »Kann doch vorkommen. Mir ist das mal mit meinem Rucksack in einem Museum passiert.«

Jette machte ein nachdenkliches Gesicht. »Da hast du recht. Sie haben mir gesagt, dass sie da irgendwas gesucht haben. Aber was, weiß ich nicht. Wisst ihr, was, ich bin saumüde und gehe jetzt rauf in den Palast der drei Grazien. Wir sehen uns morgen früh. Zum Strohsternebasteln.«

Morbo riss die Augen auf. »Jetzt doch Strohsterne basteln?«

»War ein Witz!«, rief Jette.

Morbo klopfte Erbse auf die Schulter. »Komm, mein Freund, ich schlag dich noch schnell im Quietsch-Kicker.«

Als Jette in das Mädchenzimmer kam, saßen Maria und Anna mit hängendem Kopf auf der Bettkante und flüsterten aufgeregt. Grazia schritt vor ihnen auf und ab und verbreitete dabei eine Wolke aus Parfüm und Frittenfett.

»Au weia!«, sagte Jette. »So schlimm?«

»Noch schlimmer«, antwortete Anna. »Die wollen uns richtig drankriegen.«

»Hä? Nur, weil ihr einen Alarm ausgelöst habt?«, fragte Jette ungläubig. »Das ist doch wirklich nicht so dramatisch.«

»Darum geht's nicht«, sagte Maria niedergeschlagen. »Die werfen uns noch was ganz anderes vor.«

»Was denn? Und wer sind eigentlich *die?*«, wollte Jette wissen.

»Ach, das ist alles furchtbar kompliziert«, jammerte Maria. Sie schob sich die Hände zwischen die Knie und zog die Schultern hoch. Ihre Stimme klang zittrig.

»Dann mal von vorne!«, forderte Jette sie auf. Sie wollte endlich mal ein paar Antworten und nicht immer nur neue Fragen.

»Uns ist doch das mit dem Alarm passiert«, erinnerte Anna sie.

»Wieso eigentlich?«, unterbrach Jette sie sofort. »Nur, damit ich das richtig kapiere.«

»Das war an dem einen Seitenaltar. Da steht so ein dickes, fettes Schild mit der Aufschrift *Altarraum betreten verboten.*« Anna zeigte die Größe mit den Händen. »Aber wir wollten näher an den Altar ran, weil … weil … Also, da gibt es auf einem der Altargemälde so ein … so ein spezielles Detail halt. Renata hat uns davon erzählt. Das wollten wir sehen.«

Jette sah die beiden nur fragend an.

Grazia hob die Hände und verdrehte die Augen. »Irgendein halb nackter Mann fasst einer Frau an den Busen oder so was. Völlig unspektakulär. Und dafür riskiert ihr Kopf und Kragen.«

Jette erinnerte sich daran, wie die beiden schon tags zuvor kichernd aus der Kirche gelaufen waren. »Habt ihr das gestern auch schon gesucht?«, fragte sie.

»Ja, haben wir, aber dann kam dieser Typ aus der Sakristei, bevor wir richtig gucken konnten«, antwortete Anna. »So ein Langer, Dünner.«

Jette wusste sofort, wer gemeint war. »Der Krippenbauer.«

»Was weiß ich, ob der Krippen baut«, erwiderte Anna genervt.

»Nein, der heißt so«, erklärte Jette. »Das ist der Pastoralreferent.«

»Na ja, deshalb wollten wir halt heute wieder hin und da sind wir in die blöde Lichtschranke geraten, der Alarm piepste los und dann kam der Typ schon wieder aus der Sakristei geschossen.« Jetzt klang Maria fast hysterisch. »Jette, stell dir vor, der behauptet, wir hätten zwei Kerzenleuchter gestohlen!«

Sind Anna und Maria wirklich Diebinnen?
Lies morgen weiter.

15. Dezember

Dramatische Neuigkeiten

Marias Stimme klang wie zugeschnürt, als sie leise erzählte, wie sie dem Pastoralreferenten entkommen waren. Ehe er die Verfolgung aufnehmen konnte, waren sie schon durch die Tür nach draußen verschwunden.

In Jettes Kopf ploppten weitere Fragen auf. »Woher wusste der denn, wer ihr seid und dass ihr zur Bildungsstätte gehört?«

»Das lag an dem Typen, der draußen das Laub zusammengefegt hat«, erklärte Anna. »Der ist nämlich hier Hausmeister. Aber der kümmert sich auch um die Außenanlagen der Kirche.«

»Flöckchen«, stellte Jette fest.

»Nee, Laub war das«, erwiderte Anna.

Jette musste trotz allem lachen. »Nein, der Hausmeister heißt so. Herr Flockhardt, aber alle nennen den Flöckchen. Ein netter Kerl, wie ich gehört habe. Und der hat euch erkannt?«

»Hm, ja«, brummte Maria zerknirscht. »Und die rote Rita auch. Die ist uns auf der Flucht entgegengekommen, weil sie diesem schrägen Nikolaus hinterhergerannt ist.«

Auch diese Frage geisterte Jette durch den Kopf: Warum war Flokati in Nikolauskluft in der Bildungsstätte gewesen?

Anna wischte sich über das Gesicht, das jetzt noch spitzer wirkte als sonst. »Jedenfalls fehlen wohl zwei Kerzenständer, seit uns der Mist mit dem Alarm passiert ist. Deshalb meint dieser Krippenmensch, wir hätten die geklaut. Steht plötzlich hier im Büro und will den Weckmann sprechen.«

Jette biss sich auf die Unterlippe. »Ein verdammt blöder Zufall. Habt ihr eine Erklärung dafür? Irgendeinen Verdacht?«

»Wir wissen nicht mal, um was für Teile es da geht!«, rief Maria empört. »Und was sollen wir denn mit dem Mist? Wir stellen uns doch keine geklauten Sachen als Deko ins Zimmer.«

Jette seufzte. »Das wird sich bestimmt alles klären. Vielleicht versuchen wir jetzt alle mal zu schlafen.«

Sie war unheimlich müde, auch wenn sie jetzt schon ahnte, dass die Gedanken an den Fall sie vermutlich die ganze Nacht über nicht loslassen würden. Was für ein strubbeliger Tag!

Als sie sich ins Bett gekuschelt hatte, schickte sie Morbo und Erbse noch eine Textnachricht. *Müssen morgen früh unbedingt die Köpfe zusammenstecken. Es gibt dramatische Neuigkeiten. Ein Diebstahlvorwurf steht im Raum. Krasse Sache!*

Als Morbos und Erbses Handys gleichzeitig *Pling* machten, standen die beiden gerade am gekippten Fenster ihres Zimmers und hörten dem Glockenspiel zu, das *Vom Himmel hoch* spielte. Auf den Gängen der Bildungsstätte war Ruhe eingekehrt. Sanfter Schneefall hatte eingesetzt. Erbse hatte das Quietsch-Kicker-Spiel tatsächlich verloren und begann sich zu fragen, ob er während der Einkehrtage überhaupt noch mal irgendein Spiel gewinnen würde. Egal welches.

Morbo zog das Handy aus der Tasche und las Jettes Nachricht vor. »Wer hätte das gedacht, dass diese Einkehrtage so spannend werden«, sagte er. »Von wegen Strohsterne basteln.«

Plötzlich entdeckte er Caruso, der langsam über den Hof schlich und im Licht der Straßenlaterne mit seinen Pfötchen wieder Muster in den Schnee lief.

»Schau, da ist der Kater von Flöckchen«, sagte Morbo leise. »Der hat Diabetes, der arme Kerl.«

»Flöckchen ist zuckerkrank?«, fragte Erbse. »Meine Oma hat auch Diabetes.«

Morbo schüttelte die Wuschellocken. »Nee, der Kater.«

Erbse sah ihn an. »Katzen können das auch kriegen?«

»Offenbar«, murmelte Morbo. Dann ging er zum Kleiderschrank und holte etwas heraus. »Apropos Oma …«

»Ist jetzt nicht wahr, oder?«, rief Erbse lachend, als er sah, wie Morbo sich mit Häkelzeug auf sein Bett hockte.

»Doch«, verteidigte sich Morbo. »Ich muss daran weiterarbeiten, sonst wird das nicht mehr fertig bis Weihnachten.«

»Aber nicht, dass du wieder 'ne Mütze für deine Stofftiere häkelst«, feixte Erbse.

»Das mit der Randmasche hab ich inzwischen voll drauf.« Morbo grinste. »Das werden Topflappen für meine Oma. Rotweiß, die Vereinsfarben vom Fußballclub. Sie ist doch Fan.«

Morbos Oma stand in der Tat bei jedem Heimspiel am Spielfeldrand und feuerte die Jungs an. Erbse fand das super.

»Cooles Geschenk.« Erbse hob den Daumen. »Auf jeden Fall bin ich neugierig, was Jette uns morgen zu erzählen hat. Diebstahl! Ob es da um Maria und Anna geht?«

Morbo presste die Lippen zusammen. Er musste sich auf seine Häkelarbeit konzentrieren.

Am nächsten Morgen berichtete Jette den Jungen beim Frühstück aufgeregt, was Anna und Maria vorgeworfen wurde und wie es zu der Verdächtigung gekommen war. Dazwischen biss sie immer wieder herzhaft in das knusprige Brötchen, dass die Krümel nur so über den Tisch flogen.

»Hast du übrigens heute Morgen in die Steckdose gepackt?«, fragte Erbse und zeigte auf Jettes Kopf.

»Ups!« Jette fuhr sich mit den Fingern durch die zerzausten rotbraunen Haare. »Hab vor lauter Eile vergessen, mich zu kämmen. Ich wollte euch doch möglichst schnell die Neuigkeiten berichten. Wir müssen Anna und Maria helfen, ihre Unschuld zu beweisen. Die sind doch keine Diebinnen!«

Morbo tastete verstohlen ebenfalls nach seinen Haaren. Seine dunklen Locken waren schwer zu bändigen und sahen irgendwie immer verstrubbelt aus. »Aber wie sollen wir das anstellen? Jetzt müssen wir erst mal zum Strohsternebasteln.«

Erbse zog eine Augenbraue hoch. »Jetzt doch Strohsterne?«

»Scherz!«, riefen Jette und Morbo im Chor.

»Aber es geht gleich wirklich um Weihnachten, schon vergessen?«, erinnerte Jette. »Welche Traditionen es bei uns in den Familien gibt und welche Konflikte entstehen.«

Morbo setzte ein schräges Grinsen auf. *»Oh je, du fröhliche.* Das hört man ja immer wieder, dass es in vielen Familien gerade zu Weihnachten Zoff gibt.«

Jette sah die Jungen eindringlich an. »Dann macht euch mal Gedanken, wie wir verhindern können, dass es in Annas und Marias Familien Megastress gibt, so kurz vor Weihnachten.«

Gleich darauf machten sich die drei auf den Weg zum Gruppenraum. Morbo bog nach oben ins Treppenhaus ab. »Geht schon mal vor, ich hab meine Gorilla-Pantoffeln vergessen.«

Immer zwei Stufen auf einmal nehmend, flitzte er hinauf und rannte beinahe Rita Goldner in die Arme.

»Cooler Sprint gestern«, lobte Morbo die Leiterin der Bildungsstätte. »Hast du den Nikolaus noch erwischt?«

»Den Nikolaus?« Für einen Moment schien Rita Goldner verwirrt. »Ach, du meinst den Marcel. Ja, den hab ich noch erwischt. Er dachte, in dieser albernen Verkleidung erkenne ich ihn nicht.« Sie warf lachend den Kopf in den Nacken.

»Und? Hast du ihn zur Rede gestellt? Waren er und seine Kumpel das mit dem falschen Lied?«, fragte Morbo.

»Er hat's weder zugegeben noch verneint.« Rita hob den Zeigefinger. »Aber der Spekulatius ist noch nicht gemampft.«

»Was wollte der denn überhaupt hier, wenn ich mal so neugierig fragen darf?«, sagte Morbo.

»Puh, ehrlich gesagt, das hab ich ihn im Eifer des Gefechts gar nicht mehr gefragt.« Rita Goldner kratzte sich an der Schläfe. »Und du? Solltest du nicht im Gruppenraum sein?«

»Da bin ich quasi auch.« Morbo grinste und spurtete weiter die Treppe hinauf. »Aber meine Füße verlangen noch nach einer affenstarken Wärmung«, rief er über die Schulter.

Warum war Flokati in der Bildungsstätte?

Lies morgen weiter.

16. Dezember

Puzzleteile

Als Morbo mit Plüschpantoffeln in den Gruppenraum getapst kam, berichtete er Erbse und Jette im Flüsterton von seiner Begegnung mit Rita. Jette war sich ziemlich sicher, dass Flokati eine Schlüsselfigur in dem Rätsel war. Der wusste bestimmt mehr, als er Rita gegenüber zugegeben hatte. Das konnte doch alles kein Zufall sein, dass er in der ganzen Geschichte mehrfach auftauchte. Und es konnte auch kein Zufall sein, dass ausgerechnet jetzt die beiden Kerzenleuchter verschwunden waren. Ob er womöglich damit auch etwas zu tun hatte? Ob die beiden Fälle miteinander zusammenhingen?

Jette fiel es schwer, dem Gruppengespräch zu folgen. Ihre Klassenkameraden hatten viel zu erzählen. Da kochten einige Emotionen hoch, vor allem als es um die Frage ging, ob die klassische Weihnachtsfeier überhaupt noch zeitgemäß war und ob man sich etwas schenken oder lieber das Geld spenden sollte. Gabriel hatte alle Hände voll damit zu tun, die hitzigen Diskussionen in geregelte Bahnen zu lenken, denn es prallten grundverschiedene Meinungen aufeinander.

Doch Jettes Gedanken drifteten immer wieder ab, versuchten Puzzleteile ineinanderzufügen. Gegen ihre Veranlagung als Spürnase konnte sie sich einfach nicht wehren! Und als sie Maria und Anna wie zwei Häufchen Elend dasitzen sah, fasste sie schließlich einen Entschluss.

»Du, Gabriel, mir ist irgendwie schlecht«, sagte sie in der Pause. »Ich glaube, ich gehe besser mal rauf ins Zimmer und lege mich ein bisschen hin. Ist doch okay, oder?« Dabei versuchte sie, ihre Stimme so klingen zu lassen, als müsste sie sich jeden Moment übergeben.

Gabriel sah sie besorgt an. »Soll jemand dich begleiten?«

Aber Jette winkte ab. »Nicht nötig.« Sie klopfte auf das Handy in ihrer Gesäßtasche. »Falls was ist, melde ich mich. Versprochen.«

Erbse und Morbo warfen ihr fragende Blicke zu, doch als Jette beim Hinausgehen erneut auf ihr Handy klopfte, verstanden sie, dass sie ihnen gleich eine Nachricht schicken würde.

Doch jetzt huschte sie erst einmal die Treppe hinauf, um sich mit Winterjacke und XXL-Schal gegen die Kälte zu wappnen. Und dann hieß es aufpassen, dass niemand sie erwischte, wie sie heimlich durch den Kellerausgang über den Hinterhof verschwand. An der offen stehenden Küchentür vorbeizukommen, war nicht schwierig. Die Frauen waren gerade laut plappernd dabei, Vanillepudding aus einem riesigen Topf in winzige Schälchen zu füllen. Kniffliger wurde es, unentdeckt an der Werkstatt des Hausmeisters vorbeizukommen. Geschmeidig wie eine Katze glitt Jette hinter einen Schrank, als Flöckchen herauskam und den Gang entlangschlurfte. Dann schlüpfte sie schnell durch die Hintertür hinaus. Der Kater – das hatte sie im Vorbeihuschen gesehen – lag schlummernd in seinem Korb unter der Werkbank. Auf dem Hof wäre sie beinahe noch gegen eine Gitterbox mit Altmetall-Schrott gelaufen. Mit einer gekonnten Hüftdrehung konnte sie dem Monstrum gerade noch ausweichen.

Die Sonne schien von einem eisblauen Himmel und winzige Kristalle tanzten vom Wind getrieben durch die Luft. Vor lauter Kälte stockte Jette der Atem. Sie drückte sich dicht an der Hauswand entlang, damit niemand mitbekam, dass sie die Jugendbildungsstätte um diese Uhrzeit verließ.

Ihr Weg führte sie direkt zum Regionalladen, denn sie hatte Hoffnung, Marcel dort anzutreffen. Natürlich fragte sie sich, ob er am Vormittag überhaupt dort arbeitete. Aber hatte die nette ältere Dame nicht davon gesprochen, dass er im Altenheim Schichtdienst hatte?

Als Jette sich dem Laden näherte, schlug ihr Herz schneller. Zum einen, weil sie sich so beeilt hatte, zum anderen, weil sie durch das Schaufenster schon den hellen Wuschelschopf sah.

Sie schnaufte noch einmal kräftig durch, dann stieß sie mit der linken Hand die Tür auf, während sie die rechte in die Jackentasche schob und die CD umfasste, die sie noch schnell eingesteckt hatte.

Flokati blickte auf und lächelte sie an. Jette spürte, wie ihr das Blut ins Gesicht schoss. Sie wollte sich gerade die Mütze vom Kopf zupfen, als sie sich an ihre zerzausten Haare erinnerte. Eigentlich mussten ihr die vor jemandem mit so unfassbar wuscheligen Haaren nicht peinlich sein, aber dennoch ließ sie die Mütze lieber da, wo sie war. Dann ermahnte sie sich, sich darauf zu konzentrieren, warum sie überhaupt hier war, und nicht auf ihre dusseligen Haare.

»Na, heute ohne Nikolauskostüm?«, fragte sie mutiger, als sie sich fühlte.

Jetzt wurde Flokati rot. »Was meinst du?«

»Du warst doch gestern als Nikolaus verkleidet im Tanneneck«, half Jette ihm auf die Sprünge.

Für einen Moment schien Flokati zu überlegen, ob er das leugnen sollte. Aber dann zuckte er nur unverbindlich mit den Schultern.

»Stand dir gut, das Kostüm«, fuhr Jette fort, obwohl sie selbst ihn ja gar nicht gesehen hatte. So langsam kam sie in Fahrt. »Kann man dich für so Nikolausauftritte buchen?«

Marcel sah Jette an, als hätte sie gerade in einer sehr fremden Sprache gesprochen. »Also, ich …«

»Finde ich cool, was du so alles machst«, fiel Jette ihm ins Wort. »Du arbeitest doch im Altenheim, oder? Dann der Job hier und noch so Auftritte als Nikolaus und … Ach, fast hätte ich's vergessen: deine Band!« Jette zog die CD aus der Jackentasche und schob sie über den Tresen. »Ich wollte dich fragen, ob ich ein Autogramm kriegen kann. Ich finde eure Mucke richtig gut. Besonders gefällt mir der *Jump Song.*«

Erst sah Marcel Jette verwirrt an, dann nahm er einen schwarzen Filzstift von der Theke und sagte: »Klar doch!« Etwas umständlich pfriemelte er das Booklet aus der Plexiglashülle und kritzelte mit Schwung seinen Namen unter das Bandbild auf der Rückseite.

»Danke!« Jette schenkte ihm ein Lächeln. Sie streckte die Hand nach der CD aus und sagte beiläufig: »Jetzt fällt's mir wieder ein. Messdiener bist du ja auch noch! Und wie ich gehört habe, kennt ihr euch auch mit dem Glockenspiel aus, du und deine Spezis.«

Flokati sah Jette misstrauisch an. »Was wird das hier? Hat Rita dich etwa geschickt?« Über seiner Nasenwurzel bildete sich plötzlich eine steile Falte.

Jette wurde es ganz heiß und kalt. Sie fragte sich, ob sie in ihrem Eifer zu weit gegangen war. Vielleicht war es leichtsinnig gewesen, Flokati allein zur Rede zu stellen.

Sie wich seinem Blick aus und schob das Booklet zurück in die CD-Hülle. Wenn Denken Geräusche machen würde, dachte sie, dann würde es jetzt in meinem Kopf laut knirschen. Klar war ihr aber in dem Moment, dass sie nur weiterkommen würde, wenn sie mit offenen Karten spielte. Und sie wollte weiterkommen, um Anna und Maria zu helfen. »Hör zu«, sagte sie schließlich. »Ich hab doch mitgekriegt, wie ihr in der Kirche reagiert habt, als wir den Krippenbauer auf das Glockenspiel angesprochen haben. Ihr wart das mit dem falschen Lied, oder? Was wir übrigens ziemlich witzig finden. Aber warum habt ihr Rita eingesperrt? Und habt ihr auch was mit dem Diebstahl der Kerzenleuchter zu tun? Soll das auch so 'n Scherz sein?«

Marcel funkelte Jette wütend an. Kam es ihr nur so vor oder waren seine Augen plötzlich wirklich dunkler geworden? »Was? Bist du jetzt total irre geworden?«, brüllte er.

Wird es Jette gelingen, die Wahrheit aus Flokati herauszukitzeln?

Lies morgen weiter.

17. Dezember

Die Marsmenschen aus dem Gemüsegarten

Jette wünschte, Morbo und Erbse wären bei ihr. Was hatte sie sich nur dabei gedacht, allein in den Laden zu gehen, um Flokati zur Rede zu stellen? Sie hatte sogar vergessen, den beiden eine Nachricht zu schicken. Aber jetzt musste sie da durch.

»*Flucht nach vorn*. Sagt dir das was? Wenn man lügt und sich rausredet, dann holt einen das irgendwann ein«, sagte sie schnell und kam sich dabei irgendwie klugscheißerisch vor.

»Ja, ja, und dann plagt einen auch noch das schlechte Gewissen«, spottete Marcel. »Ist es das, was du mir als Nächstes verklickern willst?«

Jette zuckte die Schultern. »Warum nicht?«

»Jetzt mal im Ernst, was war das mit irgendwelchem geklauten Zeugs?«, fragte Marcel. »Davon weiß ich echt nichts.«

»Zwei Kerzenleuchter sind von einem Seitenaltar gestohlen worden und jetzt werden zwei Klassenkameradinnen von mir verdächtigt, weil sie zur fraglichen Zeit in der Kirche aus Versehen einen Alarm ausgelöst haben«, erklärte Jette. Sie zog sich den Schal vom Hals. Langsam wurde es ihr wirklich zu warm.

»Aha«, machte Marcel. »Und warum meinst du, meine Kumpel und ich hätten was damit zu tun?«

Gute Frage, dachte Jette. »Aber das mit dem falsch programmierten Glockenspiel, das wart doch ihr«, lenkte sie ab.

Jetzt kam Marcel um die Theke herum. Automatisch wich Jette einen Schritt zurück.

»Selbst wenn, was dann?« Marcel sah sie herausfordernd an.

Bleib cool, mahnte Jette sich selbst. »Also, die Sache ist die … Äh … Erbse und Morbo und …«

»Erbse und Morbo?«, echote Marcel. »Sind das zwei Marsmenschen, die im Gemüsegarten wohnen, oder was? Willst du mich hier eigentlich die ganze Zeit auf den Arm nehmen?«

»Überhaupt nicht!« Jette wurde langsam sauer. Der Kerl sollte sie gefälligst ernst nehmen. »Die beiden sind meine besten Freunde und die haben die perfekten Spitznamen.« Am liebsten hätte sie ihm auch noch um die Ohren gehauen, dass sie ihn insgeheim *Flokati* nannten. »Wir drei haben die Rita aus dem Glockenturm befreit. Die hätte sonst nämlich die ganze Nacht dadrin gesessen und gefroren. Und jetzt wollen wir wissen, wer sie eingesperrt hat. Und vor allem, wieso. Das mit dem falschen Lied ist *eine* Sache, aber das mit dem Einsperren hätte ganz üble Folgen haben können.«

Marcel biss sich auf die Lippen. Er warf einen Kontrollblick auf die Eingangstür und senkte die Stimme. »Also gut, hör zu. Aber das bleibt unter uns, klar? Kein Wort zu niemandem. Okay, außer zu deinen komischen außerirdischen Gemüsefreunden.«

Jette hob die Schwurhand.

»Das war ein Versehen«, gab Marcel kleinlaut zu und zog verlegen an den Ärmeln seines schwarzen Hoodies.

»Ein Versehen? Wie kann man jemanden aus Versehen im Glockenturm einsperren?«

Marcel hob die Hand, um Jette zu bremsen. »Mein Kumpel Olli und ich sind früh am Morgen in die Kirche. Als Messdiener wissen wir, wo die Schlüssel vom Glockenturm sind. Wir wollten uns einen kleinen Scherz erlauben und haben den Computer auf ein anderes Lied programmiert.«

»Der Mai ist gekommen«, sagte Jette.

»Genau.« Beim Gedanken an den Streich grinste Marcel. Jette konnte nicht anders, als mitzugrinsen. »Jedenfalls haben wir ein Geräusch gehört und sind abgehauen. Wir waren schon längst aus der Kirche, als uns einfiel, dass wir in der Eile vergessen hatten, die beiden Türen wieder abzuschließen. Olli hatte sogar die Schlüssel noch in der Tasche. Ich war spät dran, hatte Frühdienst. Also hat er die Türen abgeschlossen und die

Schlüssel wieder in die Sakristei gebracht. Der hat doch gar nicht gecheckt, dass die Rita da oben ist.«

Das ließ Jette nicht gelten. »Aber Rita hat gesagt, dass sie sofort zur Tür gestürzt ist, als sie merkte, dass sie eingeschlossen wurde, und gegen die Tür getrommelt hat. Das muss Olli doch gehört haben. Oder ist der von der schwerhörigen Sorte?«

Marcel schob die Hände tief in die Hosentaschen. »Kann sein, dass er vielleicht Schiss hatte aufzufliegen. Der wusste ja auch nicht, wer dadrinnen war. Und er war sich nicht sicher, ob er wirklich was gehört hat, hat er mir gesagt.«

»Pfft!«, machte Jette und zeigte Marcel einen Vogel. »Und dann schaut man nicht nach? Ganz schön beknackt.«

Jetzt sah Marcel ihr direkt in die Augen. »Hast du etwa noch nie Bockmist gebaut? Als ihr gestern in der Kirche nach Rita gefragt habt, wurde uns plötzlich klar, dass die da im Turm ist. Aber wir hatten ja keine Gelegenheit mehr, sie rauszulassen, weil ihr ...«

»Weil wir so superschlau sind und euch zuvorgekommen sind«, fiel Jette ihm ins Wort.

»So könnte man es ausdrücken«, sagte Marcel verlegen. »Aber, hey, wir haben uns was ausgedacht, um das wiedergutzumachen. Deshalb war ich gestern auch in diesem albernen Kostüm in der Bildungsstätte. Rita sollte mich nicht erkennen. Hat leider nicht geklappt.« Er grinste von einem Ohr zum anderen. »Und nein, man kann mich nicht als Nikolaus buchen.«

Jetzt war Jette neugierig. »Was habt ihr denn vor?«

Marcel schüttelte entschieden den blonden Zottelschopf. »Sorry, das kann ich dir jetzt nicht auch noch verraten. Aber wenn ich wegen der Kerzenständer was mitkriege, sage ich dir, Bohne und Moppel Bescheid.« Jetzt hob er die Schwurhand.

»Okay.« Jette nickte. Und weil sie das Gefühl hatte, dass sie jetzt nicht einfach so aus dem Laden gehen konnte, kaufte sie wieder eine Tüte Mandelspekulatius, von denen einem so herrlich schlecht werden konnte.

»Hier, den gibt's heute noch als Geschenk dazu«, sagte Flokati. Jette musste lachen, als er einen Strohstern auf die Plätzchentüte legte.

Als sie zum Tanneneck zurücklief, fühlte sie sich beschwingt. Wie mutig sie gewesen war und was sie alles herausbekommen hatte! Das musste sie sofort den Jungs erzählen. Blöd war nur, dass sie nichts herausgefunden hatte, was Maria und Anna geholfen hätte. So viel ging ihr durch den Kopf, dass sie unvorsichtigerweise durch den Haupteingang ins Gebäude huschte.

Plötzlich stand Herr Weckmann vor ihr und stemmte die Hände in die Seiten. »Jette! Wo kommst du denn jetzt her?«

»Öm«, machte Jette und zeigte mit dem Daumen über ihre Schulter. »Also, wie Sie ja unschwer erkennen konnten, komme ich von draußen, weil … weil mir vorhin schlecht war. Das hab ich dem Gabriel auch gesagt. Der weiß also Bescheid. Erst wollte ich mich hinlegen, aber dann hab ich gedacht, dass frische Luft bestimmt viel besser gegen Übelkeit hilft, und einen kleinen Spaziergang gemacht.«

Herr Weckmann seufzte. »Auf die Idee, dich bei mir abzumelden, bist du nicht gekommen? Du weißt doch, dass ihr nicht einfach abhauen dürft, wenn kein Ausgang angesagt ist.«

Jette setzte ihre beste Unschuldsmiene auf. »Ich dachte halt, je schneller ich an die frische Luft komme, desto besser. Hat auch voll geholfen! Ich hab jetzt sogar Hunger.« Sie hob die Nase schnüffelnd in die Höhe. »Hier riecht's auch schon so klasse. Hmmm!«

»Jette, Jette«, sagte der Lehrer. Der vorwurfsvolle Unterton war nicht zu überhören. »Dann bring mal deine Jacke rauf, in zehn Minuten gibt es Nudeln mit Tomatensoße.«

»Und ich weiß sogar, was es zum Nachtisch gibt!«, rief Jette grinsend und flitzte die Treppe hinauf.

Kommen Jette und die Jungen mit diesen Infos nun weiter in dem Fall?

Lies morgen weiter.

18. Dezember

Raunächte

Mit dem Mund voller köstlicher Spaghetti berichtete Jette den beiden Jungen beim Mittagessen von ihrem Besuch im Regionalladen und von Flokatis Beichte.

Erbse zeigte mit der Gabel auf Jette, wobei ein Spritzer Tomatensoße auf ihrem Shirt landete. »Trotzdem nicht in Ordnung, dass du uns nicht Bescheid gegeben hast. Das war unvorsichtig. Stell dir vor, der wär auf dich losgegangen oder so.«

»Ey, pass auf!« Jette versuchte, mit der Serviette den Fleck wegzurubbeln, was ihr nur mäßig gelang. »Sorry, hab total vergessen, euch eine Nachricht zu schicken. Ich war so fokussiert auf meinen Plan. Brauchst mir aber keine Predigt zu halten, das hat der Weckmann schon erledigt.«

»Weckermann-Meckermann«, flapste Morbo schmatzend. »Aber recht hat er.«

»Ha, ha!«, machte Jette. »Als wir gestern zur Kirche abgehauen sind, war dir das auch egal.«

»Das war was anderes.« Morbo faltete die Hände und richteten den Blick nach oben. »Da waren wir ja auch auf dem Weg zu einem sakralen Ort.«

»Morbo, du Pfeife, willst ja nur damit angeben, dass du solche abgehobenen Wörter kennst.« Jette rollte sich mit Gabel und Löffel eine weitere Portion Pasta auf. »Mmm, gleich gibt's noch Vanillepudding und danach fall ich ins Fresskoma.«

Erbse grinste breit. »Du kannst gleich ein Schläfchen halten. Nach der Mittagspause gucken wir mit Lucia einen Film über Gruppenzwang. Ist bestimmt stinklangweilig.«

»Wenn ich nicht bis dahin schon eingeschlafen bin.« Morbo gähnte herzhaft.

Sofort begann auch Erbse zu gähnen. »Gähnen steckt an«, stellte er fest. »So viel zum Thema Gruppenzwang.«

»Das funktioniert übrigens auch mit Hunden«, wusste Jette.

»Hä?«, machte Morbo

»Na, das mit dem Gähnen. Wenn man in einer Runde sitzt und einer fängt an zu gähnen, ist das wie eine Kettenreaktion. Nach und nach müssen alle gähnen. Und wenn da ein Hund dabei ist, dann gähnt der ganz sicher auch.«

Morbo musste an Caruso denken. »Hier gibt's ja nur einen Kater. Ob das auch bei Katzen funktioniert?«

»Ich hab das übrigens mal im Internet recherchiert, also das mit dem Diabetes bei Katzen«, sagte Erbse. »Da muss man einen ganz schönen Aufwand betreiben.«

»Hä?« Jette stand ein großes Fragezeichen ins Gesicht geschrieben.

»Der Kater von Flöckchen hat Diabetes«, erklärte Morbo ihr.

Jette kam das Bild des schlafenden Katers in den Sinn. »Den habe ich vorhin kurz gesehen, als ich rausgeschlichen bin. Bringt Flöckchen den eigentlich immer mit zur Arbeit?«

»Der wohnt ja quasi hier«, antwortete Morbo. »Auf der anderen Seite vom Hinterhof ist die Hausmeisterwohnung.«

»Okay, das erklärt, dass die Fellnase immer mit hier ist«, sagte Jette.

Und dann gähnten sie alle drei.

Der Film über Gruppenzwang entpuppte sich dann doch nicht als so stinklangweilig, wie die Freunde es befürchtet hatten, und im Anschluss ergab sich eine muntere Diskussion.

»Hey, kommt ihr mit, 'ne Runde kickern?«, rief Tinus nach der Gruppenstunde, aber Morbo, Erbse und Jette winkten ab.

»Keine Lust auf das Gequietsche«, sagte Morbo.

Und so saßen die drei Freunde kurz darauf im Zimmer von Morbo und Erbse auf dem Fußboden. Jette hatte die Tüte mit den Mandelspekulatius in die Mitte gelegt. Weil sie im Zimmer keine Kerzen anzünden durften, hatte Erbse von zu Hause kleine LED-Lichter mitgebracht, die aussahen wie Teelichte und

deren künstliche Flammen tanzten wie echte. Das große Licht hatten sie ausgemacht und nur eine der Nachttischlampen brennen lassen. Richtig gemütlich war das.

Gähnend lehnte sich Jette mit dem Rücken an Morbos Bett. Dabei sah sie aus dem Augenwinkel ein Stück Stoff darunter hervorblitzen. »Hey, liegt da etwa eine Unterhose?«

Selbst bei diesem schummrigen Licht erkannte Jette, dass Morbo rot wurde. Schnell schnappte er sich die Unterhose und pfefferte sie in den Kleiderschrank.

Erbse kicherte und gähnte gleichzeitig. »Wenn es so früh dunkel wird, ist das ja kein Wunder, wenn man ständig müde ist.«

»Wir sind eben noch vor der Wintersonnenwende«, belehrte Morbo ihn. »Noch werden die Tage kürzer und die Nächte länger.«

»Sag bloß, du Schlaumeier«, motzte Erbse.

Morbo legte Erbse die Hand auf die Schulter. »Halt durch, Kumpel, nur noch wenige Tage, dann ist der Tiefpunkt überwunden und die Tage werden wieder länger.«

»Nach der Wintersonnenwende kommen die zwölf Raunächte«, warf Jette ein.

»Raunächte?«, fragte Erbse. »Nie was davon gehört.«

Jette fuhr mit geisterhafter Stimme fort. »Das war früher die Zeit der Einkehr, in der man sich vom alten Jahr verabschiedete und versuchte, das Schicksal des neuen zu spinnen. Da gab's allerlei Rituale und Bräuche.«

»Raunächte«, wiederholte Morbo. »Das klingt schon so gespenstisch.«

»Ich find's auch gruselig«, stimmte Jette zu. »Als es noch kein elektrisches Licht und keine Heizung gab, war das bestimmt keine leichte Zeit. Verständlich, dass die Leute dann beieinanderhockten und sich so düsteres Zeug ausdachten.« Es fröstelte Jette bei dem Gedanken. »Apropos Licht und Dunkelheit. Jetzt hat Flokati zwar ein bisschen Licht ins Dunkel gebracht, aber Anna und Maria ist damit immer noch nicht geholfen.«

Morbo nickte. »Es sieht so aus, als hingen die beiden Fälle doch nicht zusammen, auch wenn der Tatort derselbe ist. Wenn man Flokati Glauben schenken darf.«

»Ich denke schon, dass er die Wahrheit gesagt hat«, erwiderte Jette. »Er wirkte sogar irgendwie … erleichtert, als er mir von der Aktion erzählt hat.«

»Bei Sorgen und Nöten aller Art wenden Sie sich an Jettes Kummerkasten«, frotzelte Erbse.

»Spinner.« Jette stieß ihm den Ellenbogen in die Seite. »Aber mal im Ernst, da wird jetzt bestimmt die Polizei eingeschaltet. Und Anna und Maria werden richtig verhört.«

Morbo wiegte den Kopf hin und her. »Das geht nur, wenn die Eltern dabei sind. Das weiß ich aus Krimis. Ich frage mich, warum man so Kerzenleuchter überhaupt klaut. Stellt man die sich zu Hause hin?«

Jette hob die Hand und rieb die Kuppen von Zeigefinger und Daumen aneinander. »Kohle. Zaster. Moneten. Wenn du jemanden an der Hand hast, der keine Fragen stellt und die weiterverkauft, kannst du ein Geschäft damit machen.«

Erbse nickte nachdenklich. »Wie viel ist so was wohl wert?«

Plötzlich hörten sie hinter dem Haus ein lautes Rattern und Scheppern. Neugierig liefen sie zum Fenster.

»Na, wenn das mal nicht zum Thema passt!«, rief Erbse.

Flöckchen war gerade dabei, ein paar alte Bleche in die Gitterbox mit dem Metallschrott zu packen.

»Auch für Altmetall kriegt man beim Schrotthändler Geld«, stellte Jette nachdenklich fest. »Aber Kerzenleuchter sind natürlich kein Metallschrott.«

Werden die drei Freunde Anna und Maria helfen können?

Lies morgen weiter.

19. Dezember

Bing Crosby singt Schnulzen

Erbse ließ über die Bluetooth-Box leise Musik laufen. Er mochte die Schnulzstimme von Bing Crosby, wenn er *I'm Dreamin' of a White Christmas* sang. Das Lied erinnerte ihn daran, wie er als kleiner Junge Heiligabend bei seiner Großmutter verbracht hatte, die ein großer Bing-Crosby-Fan war.

Die Klasse sollte dann noch einmal zu einer Gesprächsrunde zusammenkommen. Es ging darum, ob ihre Erwartungen an die Einkehrtage erfüllt worden waren und mit welchen Erkenntnissen sie am nächsten Tag heimfahren würden. Für den letzten Tag stand noch eine Überraschung an, hieß es.

Morbo holte sein Häkelzeug hervor und hoffte, dass er sich bei dem schummrigen Licht nicht verhäkelte. Er wollte keine weitere Lampe anmachen, es war gerade so gemütlich. »Das werden Topflappen für Oma«, erklärte er Jette, die ihn fragend ansah. Er erwartete eigentliche eine blöde Bemerkung. Aber Jette sagte einfach nur: »Cool.« Und das meinte sie auch so. Dann seufzte sie. »Für Anna und Maria sind die Einkehrtage echt extrem blöd gelaufen«, sagte sie. »Da machst du mit der Klasse eine Fahrt, die den Zusammenhalt stärken soll, und kommst mit dem Stempel *Dieb* auf der Stirn zurück. Voll bescheuert.«

»Im Zweifel für den Angeklagten«, sagte Morbo mit wichtiger Miene. »Den kennt ihr doch, den Spruch. Solange nichts bewiesen ist, gilt man als unschuldig.«

»Außerdem haben *wir* den beiden ja nicht den Stempel aufgedrückt«, erinnerte Erbse. »Ich denke, da hält die Klasse eindeutig zusammen.«

»Auch wieder wahr«, pflichtete Jette ihm bei. »Ich glaube kaum, dass jemand von uns sie ernsthaft für schuldig hält.«

»Ich könnte mir gut vorstellen, dass wir gleich auch darüber sprechen«, meinte Erbse. »Das beschäftigt uns doch alle, oder?«

Plötzlich war es von einem Moment auf den anderen stockdunkel. Nur die winzigen LED-Flämmchen tanzten weiter.

Vom Flur her waren aufgeregte Stimmen zu hören. Türen wurden geöffnet. Schritte stapften über den Teppichboden.

»Klingt, als wäre auf der gesamten Etage der Strom weg«, mutmaßte Morbo. »Oder womöglich im ganzen Haus.« Er stand auf und tastete sich im Licht der LED-Lämpchen zur Tür. Erbse folgte ihm auf dem Fuße.

Jette hatte ihr Handy gezückt und die Taschenlampe angemacht. »Mist, ich hab kaum noch Akku.«

»Hey, ist der Strom überall weg?«, rief Morbo über den Flur.

»Ja, hier auch!«, kam es zurück.

»Und unten auch, im ganzen Haus sind die Lichter aus!«, brüllte jemand durch das Treppenhaus.

Jette warf einen Blick aus dem Fenster. Die Straßenlaternen brannten und im Haus gegenüber war ebenfalls Licht zu sehen. »Aber offenbar nur hier im Haus. Da draußen ist alles okay.«

Jetzt kam Herr Weckmann im Schein seiner Handylampe den Gang entlang. »Wo ist denn der Hausmeister?«, fragte er. »Jemand müsste ihm Bescheid sagen. Vielleicht kann er den Schaden schnell beheben.«

»Wir haben ihn vorhin hinten im Hof gesehen«, rief Morbo. »Hoffentlich ist er überhaupt im Haus.« Er folgte dem Lehrer und diversen Mitschülern vorsichtig die Treppe hinunter in die Eingangshalle, wo auch Rita, Gabriel und Lucia zusammengekommen waren. Herr Weckmann gesellte sich zu ihnen. Renata hörte man aus dem Küchentrakt schimpfen, sie könne so unmöglich das Essen zubereiten.

»Es gibt Butterbrote und Kaltgetränke im Kerzenschein«, kommentierte Morbo lachend. »Das klingt doch verdammt hygge.«

Rita zückte ihr Handy und versuchte, Flöckchen zu erreichen. »Mist, warum geht der nicht ans Telefon?«, fluchte sie.

Gabriel zwirbelte sich mit den Fingerspitzen den Backenbart.

»Vielleicht ist er nur auf dem Klo. Gib ihm ein paar Minuten. Er sieht ja, dass du tausendmal versucht hast, ihn zu erreichen. Auf die Mailbox hast du ja auch gesprochen.«

»Wo ist denn der Sicherungskasten?«, fragte Lucia. »Wir könnten ja schon mal gucken …«

»Nichts werden wir!«, gab Rita die klare Anweisung. »Darum hat sich der Hausmeister zu kümmern. Nicht auszudenken, wenn …« Sie verstummte und schob sich zum Treppenhaus durch. »Alle sollen möglichst bleiben, wo sie sind«, rief sie hinauf. »Nicht, dass noch irgendwelche Unfälle passieren.«

Morbo tippte sie am Arm an. »Flöckchen war vorhin noch im Hof«, wiederholte er. »Vielleicht ist er noch draußen und hat nichts mitbekommen.«

»Ich gehe nachschauen!«, rief Renata und machte sich, mit ihrer Handytaschenlampe bewaffnet, auf den Weg.

Ein eisiger Windhauch, der plötzlich über den Fußboden zog, ließ Jette aufstehen. Sie war im Zimmer der Jungen geblieben, wo Bing Crosby weiter vor sich hin dudelte. Jette hatte Erbse im Verdacht, dass er das Lied auf Dauerschleife gestellt hatte. Sie streckte die Hand aus, um auf Erbses Smartphone die Playlist zu kontrollieren. Als sie einen Schritt nach vorn machte, gab es ein knurpsendes Geräusch. Jette war auf die Spekulatius getreten.

»Mist!«, fluchte sie. Ein Blick auf die Playlist bestätigte ihre Vermutung. Erbse hatte sie unter dem Stichwort *Abenteuertomate* gespeichert, was auch immer das zu bedeuten hatte. Mit einem Klick bereitete Jette dem Spuk ein Ende und schaute aus dem Fenster. Von Flöckchen war nichts mehr zu sehen.

Wieder musste sie an die Raunächte denken und wie die Menschen bei Kerzenlicht eng zusammengesessen hatten, während die Kälte durch alle Spalten und Ritzen hereindrang. Jette fragte sich, wie lange es wohl dauern würde, bis es in der Bildungsstätte auch kalt werden würde, denn ohne Strom funktionierte ja auch die Heizung nicht. Es schauderte sie bei dem Gedanken. Die ganze Situation war spukig.

Sie rieb sich die Oberarme und trat in die offene Tür.

Plötzlich stapfte mit schweren Schritten ein großer Schatten an ihr vorbei. Erschrocken wich Jette ein Stück zurück.

»Ruhe bewahren!«, dröhnte Flöckchens Bassstimme durch die Finsternis. »Bleibt alle, wo ihr seid. Das haben wir gleich.«

»Wo kam der denn jetzt her?« Erbse drängelte sich an Jette vorbei ins Zimmer. »Der war doch gerade noch draußen.«

»Und wo kommst du her?«, fragte Jette.

»Ich war nur nebenan bei Tinus.« Erbse kicherte. »Der Dussel ist im Dunkeln auf sein Handy getreten. Funktioniert noch, aber er hat jetzt die Spider-App auf dem Display.«

Durch das Treppenhaus hörte man Rita und Gabriel mit Flöckchen diskutieren. Wenige Augenblicke später war der Strom wieder da. Alle atmeten auf, ein paar klatschten Beifall.

»Okay, ich geh noch mal kurz in mein Zimmer rüber«, sagte Jette. »Ist ja schon fast Zeit für die Abschlussrunde. Wir sehen uns im Gruppenraum, Abenteuertomate.«

Erbse lachte auf. »Cooler Nickname, oder? Den hab ich mir von einem Namensgenerator basteln lassen. Da muss man Fragen beantworten, was man gerne macht und so, und dann spuckt das Teil den passenden Namen aus.«

Ungläubig fragte Jette sich, was ihr Cousin für Vorlieben angegeben haben musste, damit dieser Name dabei rauskam.

»Wollsocken nicht vergessen«, rief Erbse, als Jette kopfschüttelnd durch die Tür verschwand und beinahe mit Herrn Weckmann zusammengestoßen wäre, der wie eine Dampfwalze schnaubend den Gang entlangstampfte. »Wer war in meinem Zimmer?«, brüllte er. »Raus mit der Sprache!«

Was ist im Zimmer des Lehrers passiert?

Lies morgen weiter.

20. Dezember

Wechselwarme Füße

Anna und Maria waren in Tränen aufgelöst. Erst hatten alle gedacht, jemand hätte sich in Herrn Weckmanns Zimmer irgendeinen Spaß erlaubt, seine Sachen verknotet oder dergleichen. Aber was die Schülerinnen und Schüler dann erfuhren, verschlug ihnen die Sprache. Jemand war während des Stromausfalls im Zimmer des Lehrers gewesen und hatte die Geldtasche mit der Klassenkasse gestohlen!

Die Stimme des Lehrers hatte nach Wut und Verzweiflung geklungen, als er erklärte, dass er sein Zimmer wegen des Stromausfalls überstürzt verlassen und dabei vergessen habe, es abzusperren.

Die kleine Reißverschlusstasche aus Kunststoff hatte in der Schreibtischschublade gelegen. Nun war sie weg.

Neugierig waren die Schülerinnen und Schüler aus ihren Zimmern geströmt und drängelten sich nun auf dem Flur.

»Bestimmt werden jetzt alle sagen, dass wir das waren.« Anna klang hysterisch.

»Kein Mensch hat das behauptet«, widersprach Grazia und legte ihr den Arm um die Schultern.

»Aber alle werden es denken!«, jammerte Maria. Geräuschvoll zog sie die Nase hoch.

»Wo seid ihr denn zur Tatzeit gewesen?«, rief Simone von hinten.

»Spinnst du jetzt total?«, keifte Tinus. Er hielt Maria ein Papiertaschentuch hin, denn in ihren Augen glitzerten bereits Tränen.

Simone wurde feuerrot. »Ich mein ja nur. Wenn die beiden ein Alibi hätten, wären sie doch aus dem Schneider.«

»Aber weil niemand sie verdächtigt, brauchen die sich auch nicht zu rechtfertigen, klaro?« Tinus wurde richtig wütend.

»Schon gut, Tinus«, sagte Anna kleinlaut. »Simone hat ja recht, auch wenn's irgendwie gemein ist. Allerdings waren Maria und ich allein im Zimmer und haben mit unseren Handys gedaddelt. Dazu braucht man ja kein Licht.«

Grazia schaute verlegen auf ihre lackierten Nägel. »Ich war zwar quasi auch da, aber irgendwie auch nicht …«

»Hä? Was meint die?«, wisperte Erbse Jette zu.

Jette verdrehte die Augen. »Na, was wohl. Die war im Bad und hat ihr Schönheitstamtam gemacht.«

Erbse stieß ihr den Ellenbogen in die Seite. »Im Dunkeln? Du machst Witze.«

Jette schlug sich gegen die Stirn. »Ach ja. Na, dann saß sie bestimmt auf dem Klo.«

Natürlich durchsuchte Herr Weckmann mit Gabriel und Rita noch einmal gründlich das Zimmer, doch die Geldtasche blieb verschollen. Sie war weder hinter die Schublade noch hinter den Schreibtisch noch unter das Bett gerutscht.

»Denken Sie noch einmal gut nach«, forderte Gabriel den Lehrer auf. »Haben Sie die Geldtasche nicht doch eventuell mit aus dem Zimmer genommen und irgendwo anders hingelegt?«

Aber der Lehrer schüttelte den Kopf. »Nein, ganz sicher nicht. Ich bin zwar manchmal ein Dusselkopf, aber so dusselig bin ich nun auch wieder nicht. Vor allem nicht bei Wertsachen.« Er knetete die Hände. »Na ja, mit Ausnahme von heute. Dabei hatte Herr Flockhardt mich extra noch ermahnt, das Geld gut wegzuschließen.«

»Na ja, das war halt auch eine ziemliche Aufregung mit dem Stromausfall«, versuchte Tinus, ihn zu trösten.

Gabriel klatschte in die Hände. »So, Leute, wir können hier gerade nichts ausrichten. Ich schätze, euer Lehrer wird jetzt mal die Polizei verständigen. Und ihr kommt mit mir in den Gruppenraum. Wir haben ja noch ein Date.«

Als sie an der Tür zum Gruppenraum ihre Schuhe auszog,

wurde Jette bewusst, dass sie in dem Chaos nun doch ihre Wollsocken vergessen hatte.

Erbse schlug ihr vor, ihr eine von seinen zu leihen. »Dann haben wir wenigstens jeder einen warmen Fuß. Und immer wenn der andere kalt wird, wird die Socke gewechselt. Ich hab auch keine Käsefüße!« Er hob die Hand zum Schwur.

Kurz überlegte Jette, das Angebot anzunehmen, dann winkte sie ab. »Ist lieb von dir, aber das wird schon so gehen.«

Doch recht bald schon wünschte sie sich, sie hätte solche Hightech-Füßlinge wie Norma. Die hatten nämlich eine Wärmefunktion und den Akku konnte man per USB-Kabel aufladen. Jette wollte auch nicht schon wieder fragen, ob sie mal rausgehen dürfe, um sich ihre Socken zu holen.

Natürlich verlief die Abschlussrunde anders als geplant. Der Diebstahl der Klassenkasse war *das* Thema. Das Geld war eigentlich für einen Kinobesuch am letzten Tag gedacht, mit Popcorn, Nachos und Limo für alle. Sie wollten sich *Frosti, das Rentier mit der blauen Nase,* einen neuen amerikanischen Weihnachtsfilm, ansehen und damit die Einkehrtage beenden.

Die Schülerinnen und Schüler plapperten aufgeregt durcheinander und Gabriel hatte alle Mühe, sich Gehör zu verschaffen.

Anna und Maria waren nun noch blasser um die Nase, während in Jettes Kopf die Gedanken ratterten, als hätte sie ein großes Konstrukt aus Zahnrädern im Gehirn. Und plötzlich ertappte sie sich selbst dabei, dass sie aufzeigte.

Dankbar, dass sich jemand auf seine Frage meldete, was die Schülerinnen und Schüler als Erfahrung aus den Einkehrtagen mit nach Hause nähmen, nickte Gabriel Jette zu.

»Wenn das hier gerade nicht so bitter für Anna und Maria wäre, dann würde ich jetzt glatt fragen, ob ihr das alles für uns so ausgeheckt habt. Erst verschwindet Rita, dann zwei Kerzenleuchter aus der Kirche und jetzt passiert auch noch das mit der Klassenkasse«, platzte es aus Jette heraus, noch ehe sie gründlich darüber nachgedacht hatte. »Es kommt mir ein bisschen vor wie so ein Mitmach-Krimi. Um zu schauen, ob wir zusammenhalten und gemeinsam an der Lösung arbeiten.«

Auf einmal war es ganz leise im Gruppenraum. Nur das Geräusch der Belüftungsanlage säuselte mit dem Rauschen der Heizung um die Wette.

»Interessanter Gedanke«, sagte Gabriel. Er stellte vor dem Yogabänkchen die Füße auf und stützte lässig die Ellenbogen auf die Knie. »Und? Wie würde euer Urteil ausfallen?«

»Ich würde sagen, wir haben uns ganz okay verhalten«, meinte Simone kleinlaut. »Das mit meiner Frage nach dem Alibi war allerdings blöd.« Dann lugte sie unter ihrem blonden Pony hervor. »Aber die Oberspürnasen sind natürlich Jette, Erbse und Morbo. Schließlich haben die die Rita befreit!«

Tja, und jetzt haben die Oberspürnasen gerade mal so gar keine heiße Spur, was die beiden Diebstähle angeht, dachte Jette. Und das fuchste sie ungemein.

»Ich fand deine Frage nach dem Alibi nicht schlecht«, meinte Gabriel. »Es kommt immer darauf an, mit welchem Hintergedanken man eine Frage stellt. Und wenn es darum ging, die beiden zu entlasten, ist daran nichts Verwerfliches. Aber ich muss euch enttäuschen. Es ist leider kein Mitmach-Krimi.«

»Dann fällt der Kinobesuch morgen also wegen ›Ist nicht‹ aus«, stellte Tinus fest. »Schade. Male ich mir halt selbst die Nase blau an.«

Ein leises Kichern ging durch die Reihen, aber man merkte, dass keinem so richtig nach Lachen zumute war. Und es kam noch schlimmer, denn im selben Moment klopfte es an der Tür und Herr Weckmann steckte den Kopf herein. »Es tut mir furchtbar leid, aber … Anna und Maria … äh … ihr müsst noch einmal mitkommen.«

Wird Anna und Maria nun auch noch der Diebstahl der Klassenkasse unterstellt?

Lies morgen weiter.

21. Dezember

Heiße Würstchen und scharfer Senf

Beim Abendessen war die Stimmung gedrückt. Alle mümmelten nur lustlos an ihren Broten oder stocherten in ihrem Salat. Selbst die Nachfrage nach den Brühwürstchen hielt sich stark in Grenzen. Die leise Weihnachtsmusik, die aus den Lautsprechern unter der Decke rieselte, wirkte seltsam fehl am Platze. Eine heimelige Atmosphäre wollte einfach nicht aufkommen.

Als die Schülerinnen und Schüler vom Gruppenraum in den Speisesaal gegangen waren, hatten sie noch gesehen, wie zwei Polizistinnen das Haus verließen.

»Die haben uns nur gesagt, dass wir zu den beiden Fällen befragt werden, aber dass das im Beisein unserer Eltern stattfinden muss«, hatte Anna erklärt. »Und dass wir uns nicht so große Sorgen machen sollen. Die waren total nett.«

»Sag ich doch«, flüsterte Morbo. »Verhören von Minderjährigen nur im Beisein der Erziehungsberechtigten.«

»Hat ja auch niemand in Abrede gestellt«, erwiderte Jette patzig. »Mensch, Leute, das fuchst mich voll, dass wir Anna und Maria nicht helfen können.«

»Merkt man kaum, Jette«, frotzelte Erbse und prostete ihr zwinkernd mit seiner Teetasse zu.

Morbo schlug sich mit der Faust in die hohle Hand. »Da ist das letzte Wort noch nicht gesprochen. Wir haben Rita befreit, wir können vielleicht auch Anna und Maria befreien. Also, von dem Verdacht.«

Erbse begann, mit den Fingerkuppen auf den Tisch zu trommeln. »Irgendwelche Anhaltspunkte muss es doch geben.«

Gemeinsam versuchten die drei Freunde, sich die Situation rund um den Stromausfall noch einmal in Erinnerung zu rufen.

»Weckmanns Zimmer war nicht durchwühlt, sehe ich das richtig? Und es wurde aus keinem anderen Zimmer etwas gestohlen. Das deutet darauf hin, dass die Diebe wussten, dass der Weckmann das Geld in seinem Zimmer hat«, sagte Jette.

Erbse nahm einen Schluck Kräutertee. »Leider entlastet das Anna und Maria kein bisschen. Im Gegenteil, es engt den Kreis der Verdächtigen ein und legt nahe, dass es jemand von uns sein muss.« Er stupste Jette an. »Haste gemerkt? Du hast automatisch von *den Dieben* gesprochen. Das weißt du doch gar nicht, ob das mehrere waren. Kann auch nur einer gewesen sein.«

»Hast recht.« Jette nickte. »Was schätzt ihr, wie lange der Weckmann nicht in seinem Zimmer war? Zehn Minuten vielleicht? Eine Viertelstunde?«

Morbo zuckte die Schultern. »Mag sein. Sicher nicht viel länger. Genügend Zeit also, sich die Geldtasche zu schnappen. So wie es aussieht, hat auch keiner mitgekriegt, ob jemand in das Zimmer reingegangen ist. Wirklich blöd, dass Weckmanns Zimmer ganz am Ende des Gangs liegt.«

Erbse kratzte sich nachdenklich an der Schläfe. »Ja, das war ja auch irgendwie phänomenal. Zwar hat Rita gerufen, alle sollen da bleiben, wo sie sind. Aber dann haben sich doch fast alle im Treppenhaus gedrängelt, weil sie wissen wollten, was da unten im Foyer abgeht. So viel zum Thema Gruppendynamik.«

»Apropos Gruppendynamik«, sagte Morbo. »Ich glaube, ich hole mir jetzt doch mal so ganz gruppendynamisch ein Würstchen. Was ist mit euch?«

Erbse winkte ab. »Zu viel totes Tier drin. Du weißt doch, dass ich kein Fleisch esse.«

»Aber wenn so viele übrig bleiben, ist das auch doof. Nachher werden die weggeschmissen.«

Beim Stichwort *wegschmeißen* begannen bei Jette die Gedanken wieder wie kleine Puzzleteilchen durch den Kopf zu schwirren, die noch nicht ineinanderpassen wollten. »Leute, haltet mich nicht für bekloppt«, sagte sie, als Morbo mit gleich zwei Würstchen zurückkam, und einem Haufen Senf. »Aber ich habe irgendwie das Gefühl, dass wir schon ein paar richtig wichti-

ge Hinweise bekommen haben und ich sie nur noch nicht so richtig greifen kann. Kennt ihr so was?«

»Yes«, sagte Morbo und biss herzhaft in das erste Würstchen. Etwas zu voreilig, denn es war so heiß, dass er mit offenem Mund kauen musste. »Vielleicht hilft es ja, wenn du dir alles noch mal durch den Kopf gehen lässt«, wollte er sagen, aber wegen der heißen Wurst war er kaum zu verstehen.

»Das hast du davon, dass du so ein gieriger Fleischesser bist«, foppte Erbse seinen Kumpel.

»Boah, und der Senf ist verflucht scharf«, hechelte Morbo.

Jette grinste. »Du weißt ja, das brennt zweimal, einmal beim Essen und das zweite Mal …«

Morbo hob die Hand. »Bitte keine weiteren Details!«

»Also, in Krimis gehen die Kommissare immer noch mal zum Tatort und lassen den auf sich wirken«, kam Erbse auf das eigentliche Thema zurück.

»Den Tatort!«, rief Jette. »Den müssen wir uns auf jeden Fall mal genauer anschauen.«

»Wie wollt ihr das machen?«, fragte Morbo. An seinem hochroten Kopf konnte man sehen, dass er sich wirklich ordentlich den Mund verbrannt hatte. »Einfach beim Weckmann reinspazieren geht ja wohl nicht.«

Jette zwirbelte eine Haarsträhne um den Finger. »Auf jeden Fall kann es nicht schaden, wenn wir das Umfeld mal unter die Lupe nehmen. Meint ihr nicht? Da geht's zum Beispiel um Fluchtwege und so.« Sie beobachtete, wie Morbo unauffällig versuchte, Luft in den Mund zu saugen. »Und du solltest dir von Renata lieber einen Eiswürfel geben lassen. Das hilft.«

Morbo nickte dankbar. »Ich schau mal, wo sie steckt.«

Jette und Erbse trugen ihr Tablett zum Geschirrwagen. »Okay, dann gehen wir mal eben rauf. Wir sehen uns gleich im Aufenthaltsraum«, rief Jette.

Morbo hob den Daumen. »Dann lasst den mal schön auf euch wirken, den Tatort.«

»Und du lass mal schön den Eiswürfel auf deine geschundene Mundschleimhaut wirken«, sagte Jette.

Als Jette und Erbse an Ritas Büro vorbeikamen, hörten sie hinter der Tür die Stimme des Klassenlehrers.

»Das ist gut«, flüsterte Jette. »Dann kann der uns schon mal nicht in die Quere kommen.«

Auf leisen Sohlen schlichen die beiden den Flur im ersten Stock entlang. Der grüne Teppichboden schluckte die Geräusche ihrer Schritte. Das Zimmer von Lehrer Weckmann lag nicht nur ganz am Ende des Gangs, auf dem auch Morbo und Erbse wohnten, sondern zwischen seinem Zimmer und denen der Schüler befanden sich zudem noch mehrere Hauswirtschaftsräume. *Wäschelager* lasen Jette und Erbse auf einem der Schilder, *Putzraum* auf einem weiteren, *Versorgung* auf einem dritten.

Während Erbse den Flur im Blick behielt, drückte Jette die Türklinken der Wirtschaftsräume. »Alle abgeschlossen.«

Auch der Lehrer hatte dieses Mal abgesperrt.

»Und?«, fragte Jette Erbse. »Wie wirkt das Umfeld des Tatortes nun auf dich?«

Erbse hob die Hände. »Nichtssagend. Ich sehe einen weiß gestrichenen Flur, von dem aus zu beiden Seiten hellbraune Türen abgehen. An den Wänden hängen kitschige Bilder und am Ende des Gangs ist ein Fenster. Das war's!«

Jette verzog den Mund. »Tja, das war dann wohl ein Satz mit x. Komm, gehen wir zum Quietsch-Kicker. Am letzten Abend sind bestimmt alle unten.«

Doch als sie zum Treppenhaus zurückliefen, war es Jette wieder, als sei da doch irgendetwas gewesen. Irgendein kleines Detail. Nur was?

Haben Jette und Erbse etwas übersehen?

Lies morgen weiter.

22. Dezember

Pfadfinder

Aufhalten«, kommandierte Renata mit ihrem netten osteuropäischen Akzent und drückte Morbo einen Eiswürfel aus einer pinkfarbenen Silikonform in die Hand.

Morbo schob sich den Eiswürfel in den Mund und spürte schon nach wenigen Sekunden eine deutliche Erleichterung. »Danke, Renata, Sie haben mich gerettet.«

In der Küche herrschte lautes Geklapper. Renatas Team war gerade dabei, Geschirr in die große Spülmaschine zu räumen. Wasserdampf drang in milchigen Wolken aus der Spülküche.

»Schade, dass wir morgen schon abreisen. Mir hat es hier sehr gut gefallen und euer Essen ist spitze!« Morbo hob den Daumen. »Auch wenn die Würstchen zu heiß waren.«

Renata klopfte ihm lachend auf die Schulter. »Musst du nicht so gierig essen, mein Junge.«

»Hab draus gelernt.« Morbo wollte gerade gehen, als aus der Spülküche lautes Schimpfen zu hören war.

»Verfluchtes Teil, das klemmt schon wieder!«, keifte jemand.

Renata verdrehte die Augen. »Die Haube von der großen Haubenspülmaschine hakt«, erklärte sie. »Dabei hat Flöckchen extra gesagt, sie sollen sie langsam runterdrücken, dann klemmt sie nicht. Aber die wollen immer schnell, schnell machen! Ich muss da mal nach dem Rechten sehen. Tschüss dann.«

Tja, dachte Morbo, wenn sie mal alle mehr auf Flöckchen hören würden. Ja, dann wäre auch die Klassenkasse vermutlich nicht gestohlen worden.

Plötzlich stutzte Morbo. Dass Flöckchen ihren Lehrer ermahnt hatte, das Geld besser wegzuschließen, bedeutete, dass er ebenfalls von dem Geld wusste! Auf einmal war Morbo klar, was Jette vorhin gemeint hatte mit diesen Infos, die aber nicht zu greifbaren Gedanken werden wollten. Dieser Gedanke hatte sich jetzt aber klar formuliert. Man konnte Flöckchen nicht aus dem Kreis der Verdächtigen ausschließen! Mit dieser Erkenntnis machte Morbo sich auf die Socken.

Ein kleiner Junge mit Zahnlücke und Khakihemd grinste Jette und Erbse von einem Plakat im Treppenhaus entgegen. Um seinen Hals war ein blaues Tuch geknotet. *Komm zu den Pfadfindern,* stand unter dem Bild.

»Dann finde du mal schön den Pfad, kleiner Krümel!«, rief Erbse lachend, als Jette plötzlich eine Vollbremsung machte. Beinahe wäre Erbse in sie hineingekracht. »Ey, pass doch auf!«

»Sorry«, sagte Jette. »Apropos Pfad! Mensch, wir sind blöd! Hab ich nicht vorhin noch was von Fluchtwegen erzählt?«

Jette hastete die Treppe wieder hinauf und eilte den Flur entlang bis zu dem Fenster ganz am Ende. »Deswegen. Da hätten wir auch vorhin schon drauf kommen können.« Sie zeigte auf ein längliches Schildchen, das am unteren Fensterrahmen klebte. *Notausgang* stand in roten Buchstaben darauf.

Erbse fasste sich an die Stirn. »Und dahinten ist sogar so ein grüner Leuchtpfeil unter der Decke angebracht.«

Jette drehte den Fenstergriff und riss mit Schwung das Fenster auf. Die eisige Kälte nahm ihr für einen kurzen Augenblick den Atem. Dann beugte sie sich hinaus. »Na, bitte.«

Unter dem Fenster befand sich eine Feuerleiter aus verzinktem Stahl.

Erbse hatte bereits sein Handy gezückt und leuchtete nun mit der Taschenlampe in die Dunkelheit hinaus. »Schau!«

Jette erkannte genau, was er meinte. Am Geländer war an einigen Stellen zu sehen, dass jemand es angefasst hatte.

»Das kann noch nicht lange her sein«, stellte Jette aufgeregt fest. »An manchen Stellen ist der Schnee weg und seit heute Mittag hat es nicht mehr geschneit.«

»Fußabdrücke kann man auf diesen Drahtgeflecht-Stufen leider nicht so richtig erkennen«, zischte Erbse. Bibbernd schloss

er das Fenster. »Der Dieb ist also vermutlich durch dieses Fenster mit der Beute entkommen.«

Zu seiner Verwunderung schüttelte Jette den Kopf. Sie tippte ihm an die Stirn. »Denkfehler!«

»What?«, sagte Erbse.

»Das Fenster war verschlossen«, erinnerte Jette ihn. »Wie hätte ein Dieb auf der Flucht es von außen denn wieder zumachen sollen? Von außen ist doch kein Griff dran.«

Enttäuscht ließ Erbse die Schultern hängen. »Dann hat uns das jetzt auch nicht weitergebracht.«

»Doch, denk mal nach«, flüsterte Jette.

»Tue ich doch«, maulte Erbse. »Mein Hirn quietscht quasi schon.«

»Der Dieb kann nicht durch das Fenster abgehauen sein. Man kann es von außen nicht mal richtig zuziehen.« Jette stellte erneut den Griff quer, öffnete das Fenster und drückte es wieder zu, ließ den Griff aber in der Querposition. »Siehst du? So bleibt es zwar zu, lässt sich aber leicht von außen aufdrücken.«

»Du meinst also, der Dieb ist die Leiter rauf, hat das Fenster aufgestoßen und ist reingeklettert? Danach hat er es von innen richtig zugemacht, ist in das Zimmer vom Weckmann, hat das Geld geklaut … und dann? Wenn er nicht durch das Fenster wieder raus ist, dann kann er sich ja nur in Luft aufgelöst haben. Und das Geld ist mit ihm verpufft. Schade.« Erbse seufzte.

»Mensch, Erbse, bleib doch mal ernst«, sagte Jette. »Formallogisches Abstraktionsvermögen. Darum geht's.«

»Willst du mich jetzt komplett veräppeln? Formales was?« Erbse machte ein Gesicht, als hätte er in eine Zitrone gebissen.

»Formallogisches Abstraktionsvermögen«, wiederholte Jette grinsend. »Cooler Begriff, oder? Nein, im Ernst, das ist jetzt die Sache mit den Puzzleteilchen. Überleg doch mal.«

Erbse hatte keine Ahnung, worauf Jette hinauswollte. »Mein Hirn ist ein schwarzes Loch«, stöhnte er verzweifelt.

»Na gut, dann sag ich's dir«, erwiderte Jette und zählte an den

Fingern ab. »Erstens muss der Dieb das mit dem Fenster vorbereitet haben. Zweitens musste er davon ausgehen können, dass er ungesehen hier reinkommt. Also?«

»Drittens hat der Dieb selbst für den Stromausfall gesorgt, weil er dann hoffen konnte, dass Herr Weckmann überstürzt das Zimmer verlässt«, fuhr Erbse fort.

»Dass dann alle zum Treppenhaus gelaufen sind, kam ihm gerade recht. Viertens gehe ich stark davon aus, dass der Dieb *eben nicht* durch eine Verpuffung verschwunden ist.« Jette zwinkerte Erbse zu. »Und wie wir ja gerade logisch geschlussfolgert haben, kann er auch nicht durch das Fenster entwischt sein. Also?«

»Boah, muss ich schon wieder nachdenken?«, schnaubte Erbse. »Also … dann muss er über den Flur abgehauen sein.«

Jette schnippte mit den Fingern. »Genau. Das konnte aber nur jemand, bei dem das völlig normal wirkt. Wenn ein Fremder über den Flur gerannt wäre, wäre das aufgefallen. Schließlich standen alle gedrängt im Treppenhaus, wo er durchmusste. Und verstecken ging ja nicht.« Jette wies den Flur entlang.

»Es sei denn, derjenige hätte einen Schlüssel zu den Wirtschaftsräumen.« Erbse machte ein wichtiges Gesicht. »Das grenzt den Kreis der Verdächtigen doch ganz schön ein.«

»Ich würde – fünftens – noch weiter gehen«, fuhr Jette fort. »So einen Plan kann sich eigentlich nur jemand ausdenken, der sich in diesem Gebäude verdammt gut auskennt. Und mir ist noch was eingefallen, was unsere Theorie unterstützt. Als ich bei euch im Zimmer auf dem Boden saß, kam plötzlich so ein eisiger Wind hereingefegt. So wie gerade, als ich das Fenster aufgemacht habe.« Sie sah Erbse an. »Denkst du, was *ich* denke?«

Erbse stöhnte auf. »Was meinst du denn jetzt schon wieder?«

Worauf will Jette hinaus?

Lies morgen weiter.

23. Dezember

Caruso is watching you

Jette blickte nachdenklich über den Flur. »Ich erinnere mich an eine Person, die während des Stromausfalls hier den Gang entlanggestürmt kam«, half sie Erbse auf die Sprünge.

»Du meinst Flöckchen?« Erbse zog die Augenbrauen hoch. »Im Ernst? Du verdächtigst den Hausmeister?«

»Zumindest gehört er zum Kreis der Verdächtigen«, erwiderte Jette. »Weißt du noch, dass wir uns gefragt haben, wo der so plötzlich herkam, obwohl wir ihn kurz vorher noch im Hof beim Altmetall gesehen hatten?«

»Das sollten wir mal flugs dem Morbo erzählen«, erwiderte Erbse.

In diesem Moment kam der Klassenlehrer mit hängenden Schultern die Treppe heraufgeschlurft. Er hatte sich die Einkehrtage sicher auch anders vorgestellt. »Na, ihr zwei, ihr seid ja gar nicht im Aufenthaltsraum. Da steppt gerade der Hund.«

»Der Bär, Herr Weckmann«, sagte Jette.

»Wie meinst du?« Der Lehrer sah Jette verwirrt an.

»Na, die Redewendung heißt doch *Da steppt der Bär.*«

Lehrer Weckmann rang sich ein Lächeln ab. »Natürlich. Sorry, ich bin ein bisschen durch den Wind.«

»Verständlich«, sagte Jette. »Gibt es denn irgendwelche neuen Erkenntnisse? Was meint die Polizei?«

Der Lehrer zuckte die Schultern. »Die haben jetzt erst mal die Anzeige aufgenommen. Ich hatte ja gedacht, die schicken sofort die Spurensicherung, aber …« Er verstummte.

»Und was sagen Rita, Gabriel und Lucia?«, fragte Jette einfach weiter. »Ich meine, die wussten doch bestimmt, dass Sie das Geld hier bunkern, oder?«

Erbse zwinkerte Jette hinter dem Rücken des Lehrers zu. Schlaue Jette!

Herr Weckmann seufzte. »Nein, das ist ja das Verrückte. Eigentlich konnte das niemand wissen außer euch.«

Doch, dachte Erbse. Flöckchen wusste Bescheid. Verdammt noch mal, die Indizien sprachen wirklich gegen den Hausmeister. Aber gab es auch Beweise?

»Und für meine Schülerinnen und Schüler lege ich meine Hand ins Feuer«, fügte Herr Weckmann milde lächelnd hinzu. »Auch für Anna und Maria.«

»Versteht sich«, sagte Jette. »Also, wir gehen dann mal runter. Hoffentlich klärt sich alles auf.«

Morbo hatte den Aufenthaltsraum links liegen gelassen. Dumpfe Bässe waren herausgedrungen, lautes Gegröle, das Quietschen des Kickers und irgendwelche schräge Musik. Vorsichtig näherte er sich der Werkstatt. Die Tür stand einen Spaltbreit offen. Flöckchen hatte noch nicht Feierabend gemacht, sondern stand vor der Werkbank. Morbo dachte erst, er sei damit beschäftigt, etwas zu reparieren, doch dann bemerkte er, dass der Hausmeister leise mit jemandem sprach. Jetzt erkannte Morbo, dass es Caruso war, der da auf der Werkbank hockte. Flöckchen wirkte sehr konzentriert und der Kater angespannt. Mit einem Mal wurde Morbo klar, was Flöckchen da machte. Er nahm dem Kater aus dem Ohr einen Blutstropfen ab, um den Blutzucker zu bestimmen. Morbo verhielt sich ruhig, um bei dieser wichtigen Prozedur nicht zu stören.

»Braver Junge«, hörte er den Hausmeister mit tiefer Bassstimme beruhigend auf den Kater einreden. »Das machst du prima. Und jetzt noch die Spritze.«

Der kräftige Mann handelte mit ruhiger und routinierter Hand. Erst als er die Spritze beiseitelegte und der Kater ihm den Kopf in die Hand schmiegte, wagte es Morbo, diesen besonderen Moment zu unterbrechen, und klopfte an den Türrahmen.

Der Hausmeister blickte auf. »Ach, du bist's. Der Junge mit dem Hobbit-Namen.«

Morbo hob lässig die Hand. »Hi, ich hoffe, ich störe nicht, aber ich glaube, die brauchen da oben in der Spülküche deine Hilfe. Irgendwas mit irgendeiner Haube oder so.«

»Nicht schon wieder!«, stöhnte Flöckchen. »Kapieren die das denn nie! Gut, ich bin hier fertig mit Caruso. Wenn du magst, kannst du ihn noch ein bisschen bepuscheln. Das mit der Spritze ist auch für ihn stressig, aber er macht gut mit.«

»Hab ich gesehen«, erwiderte Morbo. »Wie oft muss er die Spritze denn kriegen?«

Der Hausmeister verzog den Mund. »Zweimal am Tag. Das ist ziemlich aufwendig. Und auch nicht ganz billig. Aber was macht man nicht alles für sein geliebtes Tier.«

»Okay«, sagte Morbo. »Ich bleibe gern noch ein bisschen bei dem Minitiger.«

Herr Flockhardt stapfte mit seinem Werkzeugkasten davon. Morbo hatte plötzlich ein schlechtes Gewissen. Er war mit dem Plan gekommen, den Hausmeister auszuspionieren. Er wollte ihn weglocken, um seine Werkstatt in Augenschein zu nehmen. Das war leichter gewesen als gedacht. Doch was er soeben beobachtet hatte, machte ihm ein ganz flaues Gefühl im Bauch. Was Flockhardt für seine Samtpfote tat, beeindruckte Morbo schwer. Der Mann musste seinen Kater unheimlich lieb haben. So einer konnte doch kein Dieb sein, oder?

Aber dann kamen Morbo Anna und Maria in den Sinn. Unsere Mission ist es, die beiden zu entlasten, dachte er. Ganz klar.

Durch das Fenster konnte Morbo im Licht der Hoflampe einen Anhänger erkennen. Flöckchen hatte das Altmetall daraufgeladen. Was hatte Jette gesagt? Für Metall bekam man auf dem Schrottplatz gutes Geld.

Zaghaft begann Morbo, die Werkstatt zu durchsuchen. Erst schaute er nur unter die Tische und Regale, in die Ecken und auf die Metallspinde. Schließlich traute er sich, die Türen der Spinde zu öffnen. Er kam sich ziemlich schäbig dabei vor.

Ich tu das für Anna und Maria, sagte er sich immer wieder.

Die Geldtasche fand er nirgends. Fast fühlte er sich erleichtert. Er wollte gerade den letzten Spind wieder schließen, um zu Caruso zurückzukehren, der ihn die ganze Zeit neugierig beobachtete, als ihm ein heller Jutesack auffiel.

Morbo nahm den Sack in die Hand, lugte hinein und erstarrte. »Oh nein!« Dann kam Bewegung in ihn.

Er traf Erbse und Jette bereits auf dem Flur. »Wir haben den Verdacht, dass Flöckchen hinter den Diebstählen stecken könnte«, flüsterte ihm Jette aufgeregt zu.

»Und ich kann's sogar beweisen«, verkündete Morbo stolz.

Hastig zogen sich die drei Freunde zur Lagebesprechung in das Zimmer der Jungen zurück. Morbo berichtete, was er beobachtet hatte und wie er im Spind den Jutesack mit den beiden Kerzenleuchtern gefunden hatte. Er klopfte sich auf die Gesäßtasche. »Natürlich hab ich einen Fotobeweis.«

»Und das Geld?«, fragte Erbse, nachdem auch Jette und er Morbo in allen Einzelheiten ihre Theorie dargelegt hatten.

»Fehlanzeige.« Morbo schnaubte. »Aber wir müssen handeln, bevor er seine Spuren beseitigen kann! Den Metallschrott hat er schon auf den Anhänger geladen.«

Jette schob die Hände in die Ärmel ihres Pullovers. »Die Kerzenleuchter wird er kaum zum Schrottplatz bringen«, sagte sie. »Für so was gibt es Läden, die Edelmetall ankaufen.«

Morbo kaute auf seiner Unterlippe. »Ich mag mich gar nicht mit dem Gedanken anfreunden, dass Flöckchen Dreck am Stecken hat. Ich finde den total nett, und wie er sich um seinen kranken Kater kümmert, das ist voll lieb.«

Erbse saß am Tisch und trommelte mit den Fingerkuppen auf die Platte. »Trotzdem. Es geht es doch darum, Anna und Maria zu entlasten. Und ich hätte auch schon eine Idee, wie.«

Was hat Erbse vor?

Lies morgen weiter.

24. Dezember

Gelegenheit macht Diebe

Erbse zeigte auf das Zimmertelefon. »Ruf mal den Hausmeister an und bitte ihn raufzukommen«, sagte er zu Morbo. »Du hast dir doch die neue Glühbirne geben lassen. Ich befürchte nur, die Lampe funktioniert immer noch nicht.«

»Hä?«, machte Morbo. »Aber die tut's doch einwandfrei!« Dann aber fiel der Groschen. »Ach so, klar.« Er griff zum Telefon.

Kurz darauf stand Flöckchen mit dem Werkzeugkasten in der Tür. »Na, da habt ihr aber Glück, dass ich noch im Haus bin. Um welche Lampe geht's denn?«

Morbo zückte das Handy und hielt ihm das Foto hin. »Eigentlich um zwei. Diese hier.«

Als der Hausmeister erkannte, was auf dem Foto zu sehen war, ließ er den Werkzeugkasten auf den Boden krachen.

»Das sind die beiden Kerzenleuchter aus der Kirche, stimmt's?«, rief Morbo aufgeregt. »Die liegen in deinem Spind.«

Flöckchen machte eine Bewegung, als wollte er Morbo das Handy aus der Hand schlagen. Aber Morbo reagierte blitzschnell und zog es zurück. Der Hausmeister sah hektisch von einem zum anderen. »K-keine Ahnung, wie die in meinen Spind gekommen sind«, stammelte er. »Da will mir bestimmt einer was anhängen. Und was fällt dir ein, in meinen Sachen rumzuspionieren?«

Morbo zog die Schultern hoch. »Ich weiß, das war eigentlich nicht okay. Aber hier geht es um unsere Klassenkameradinnen, Anna und Maria. Die sind vollkommen fertig.«

»Und wir wissen zufällig, dass du bei der Kirche gearbeitet hast, als die beiden den Alarm ausgelöst haben«, erklärte Erbse. Seine Stimme klang mutiger, als er sich fühlte. »Da gibt es doch so einen Spruch. *Gelegenheit macht Diebe.* War das so?«

Auf einmal schien Flöckchen die Kraft zu verlassen. Schwer

atmend ließ er sich auf einem der Stühle nieder, stützte sich mit den Händen auf die Knie.

»Wieso hast du das getan?«, fragte Jette jetzt leiser.

Der Hausmeister zwirbelte nervös sein Ziegenbärtchen. »Es hat wohl keinen Sinn, euch was vorzuflunkern«, lenkte er schließlich ein. »Mir ist das echt unangenehm. Mir … wachsen die Tierarztkosten über den Kopf. Ich arbeite ja nicht aus Spaß auch noch für die Kirche und sammle Altmetall.«

»Und die Klassenkasse hast du dir auch unter den Nagel gerissen.« Jette erzählte ihm von ihrer Theorie.

»Alle Achtung«, sagte der Hausmeister halb anerkennend, halb niedergeschlagen. Er griff in die Innentasche seiner Jacke und zum Vorschein kam Weckmanns Geldtasche. »Das klingt jetzt vielleicht verrückt, aber … Ich bin froh, dass ihr dahintergekommen seid. Ich … ich hatte so ein schlechtes Gewissen. Besonders wegen Anna und Maria. Keine Ahnung, welcher Teufel mich geritten hat. Aber ich wusste mir nicht anders zu helfen. Caruso braucht diese Diabetes-Behandlung unbedingt … Aber das rechtfertigt natürlich nicht einen, nein, *zwei* Diebstähle. Tja, dafür muss ich geradestehen. Hilft alles nichts.«

Morbo, Erbse und Jette warfen sich vielsagende Blicke zu.

»Wegen der Sache mit dem Geld hätte ich eine Idee«, sagte Erbse. Er kniff dem Hausmeister neckend in den Arm. »Aber aus der Nummer mit den Kerzenleuchtern musst du selbst irgendwie rauskommen.«

»Darum kümmere ich mich gleich morgen«, versprach Flöckchen. »Damit die beiden Mädchen aus dem Schneider sind.«

Wie angekündigt wartete der letzte Vormittag mit einer Überraschung auf. Lucia bat die Klasse nach dem Frühstück in den Werkraum. Erbse, Morbo und Jette wurden von einem Lachflash geschüttelt, als Lucia verkündete, sie würden Strohsterne basteln, damit jeder eine schöne Erinnerung an die Einkehr-

tage mit nach Hause nehmen konnte. Runde Legehilfen aus Plastik und Strohhalme lagen schon bereit.

Es tat gut, so ausgelassen zu lachen. Und weil sie wusste, dass es gleich *noch* eine Überraschung gab, erzählte Jette in die Runde, wie toll sich der Hausmeister um seinen kranken Kater kümmerte, welche Prozedur er und Caruso zweimal am Tag auf sich nahmen und dass er sich dafür finanziell richtig krummlegen musste. Alle waren beeindruckt und hörten andächtig zu, bis Tinus plötzlich anfing zu kichern.

»*Schöne Erinnerung* ist gut.« Er hielt das Strohteil in die Höhe, an dem er eine Weile herumgepfriemelt hatte. »Sieht eher aus, als hätte das jemand unterm Schuh kleben gehabt.«

In dem Moment steckte Herr Weckmann den Kopf zur Tür herein. »Es gibt Neuigkeiten!«, rief er. Anna und Maria blickten sich erschrocken an. Doch da hielt der Klassenlehrer die Geldtasche in die Höhe. »Sie ist wieder da! Herr Flockhardt hat sie im Foyer in einem Blumentopf gefunden. Ich muss sie bei dem Stromausfall doch bei mir gehabt haben und sie ist mir aus der Tasche gefallen. Wir können also ins Kino gehen.«

Gerade wollten Erbse, Morbo und Jette ihren Vorschlag unterbreiten, als Anna ihm zuvorkam. »Leute, was haltet ihr davon, wenn wir das Geld dem Hausmeister geben?«

Maria nickte zustimmend. »Ja, genau, für die Tierarztkosten. Ich meine, wir hatten uns doch eh schon darauf eingestellt, dass das Kino ausfällt.«

Die Klasse klatschte Beifall. Morbo, Erbse und Jette zwinkerten sich zu. Ihr Plan war aufgegangen!

Was hatten sie doch für eine nette Klasse! Und weil sie im Improvisieren schon immer gut gewesen waren, organisierten sie mit Renatas Hilfe statt des Kinobesuchs im Nu eine kleine feine Weihnachtsfeier. Alle trugen zusammen, was sie noch an Süßigkeiten und Knabbersachen dabeihatten. Flöckchen, der mit tränenglänzenden Augen dankbar das Geld entgegengenommen hatte, hängte Lichterketten auf. Renata braute einen fabelhaften Punsch aus Fruchtsaft. Und Erbse gab den *DJ Abenteuertomate.* Er hatte in seiner Playlist ein schönes Weihnachtslieder-Medley, ganz ohne Bing Crosby.

Auf einmal jedoch wurden die Weihnachtslieder von den Klängen einer E-Gitarre übertönt, die aus dem Foyer herüberdrangen. Dann stimmten auch Schlagzeug und Bassgitarre mit ein. Jette erkannte das Lied sofort. Es war von Elton John. Jemand sang: *»Sorry seems to be the hardest word.«*

Jetzt hielt es niemanden mehr im Speisesaal, alle strömten in den Eingangsbereich, wo sie auf die vier Jungen von *Google My Name* trafen. »Hey, Leute«, rief Flokati alias Marcel ins Mikrofon, »wir sind hier, um uns mit einem kleinen Konzert in aller Form bei Rita zu entschuldigen, die leider durch eine Verkettung unglücklicher Umstände Opfer unseres kleinen Streiches geworden ist. Rita, es tut uns wirklich aufrichtig leid.«

Rita war natürlich längst aus dem Büro gekommen. Nun war sie es, in deren Augen Tränen glänzten, erst recht, als sie sich bei der Band ein Lied wünschen durfte. Zum Leidwesen der meisten anderen wünschte sie sich *Last Christmas* von *Wham!*.

»So ’n Konzert ist doch viel besser als Kino«, zischte Erbse.

Aber Jette hatte da noch eine Frage. Sie zupfte Flokati am Ärmel, bevor der wieder in die Seiten greifen konnte. »Hey, du hast mir noch nicht erklärt, warum du letztens im Nikolauskostüm hier rumgerannt bist.«

Marcel grinste sie an. »Na, ich musste mich hier im Haus umschauen, ob das mit der Technik für das Konzert in der Halle klappt«, antwortete er. »Und Rita sollte doch nichts mitkriegen. Eigentlich.« Damit trat Flokati wieder ans Mikrofon. »Hey, Leute, habt viel Spaß. Wir wünschen euch allen

FROHE WEIHNACHTEN!«

Jo Pestum

Drei Weihnachts-Lamas in Gefahr

Ein Weihnachtskrimi in 24 Kapiteln

Kurz vor den Weihnachtsferien entdecken Danny, Paul, Jana und Fatma drei entlaufene Lamas. Rasch machen die Freunde die Besitzerin der Tiere ausfindig, doch die scheint etwas vor ihnen zu verbergen. Noch dazu deuten alle Anzeichen darauf hin, dass in den Stall der Lamas eingebrochen wurde. Hängt das etwa mit der vorweihnachtlichen Diebstahlserie zusammen, die in der Stadt für Aufruhr sorgt? Die vier Detektive fangen an zu ermitteln, doch dann sind die Lamas plötzlich verschwunden. Gelingt es ihnen, das Geheimnis rechtzeitig zum Weihnachtsfest zu lüften?

200 Seiten • Gebunden • ISBN 978-3-401-60525-8 • www.arena-verlag.de

Jo Pestum

Die Nikolaus-Entführung

Ein Weihnachtskrimi in 24 Kapiteln

Kurz vor Weihnachten besucht Luc seinen Cousin Harry in Habichtsdorf. Doch statt Schneeballschlacht und Plätzchenwettessen wartet dort ein rätselhafter Fall auf die beiden. Der nette Opa Charly von nebenan ist verschwunden, aber außer seiner schnatternden Gänseschar scheint ihn niemand zu vermissen. Zusammen mit den Geschwistern Mirja und Yannick nehmen Luc und Harry die Ermittlungen auf. Schnell merken sie, dass nicht nur der vermisste Opa, sondern auch seine geliebten Gänse in Gefahr schweben. Und nur die vier Detektive können Charly retten.

200 Seiten • Gebunden • ISBN 978-3-401-60601-9 • www.arena-verlag.de